Sven Eckert

Eine andere Sichtweise

Eine andere Sichtweise

Alles wirkt kleiner

Sven Eckert

Impressum

© 2018 Sven Eckert

Herstellung und Verlag: BoD - Books on Demand, Norderstedt

ISBN: 978-3-7494-3074-1

Lektorat:

Covergestaltung: Sven Eckert

Ohne (Vor)Worte

Jeder kennt das, man ist beim Einkaufen und nach allem gesuchten auf dem Weg zur Kasse.

Der Blick schweift nervös um her und man Sicht die kürzeste Kasse mit den Wenigsten Waren auf dem Band und möglichst keinen Rentner vor sich.

Jeder will schnell weg wieder raus aus dem Gewürm in der Kaufhauskasse. Ohne es zu merken schweift unser Blick durch die Reihen, prüft die mange der Waren im Einkaufswagen das anderen Kunden, die Menge auf dem Band und die Gesichter des Menschen vor einem. Fragen wie: „stell ich mich hinter den verzottelten Hippy der vermutlich auch noch stinkt oder riskiere ich die Kasse mit der Mutter und ihrer 2-jährigen Tochter?

Solche und ähnliche Szenarien kennt jeder von uns und dennoch ist die Entscheidung schon längst getroffen wurden. Sekunden bevor wir uns selbst an die bevorzugte Kasse stellen hat unser Gehirn unser Geist die Entscheidung schon gefällt.

Und jetzt, jetzt ärgern wir uns.

Wir ärgern uns darüber das die Kasse die wir eigentlich zuerst nehmen wollten die mit dem Langhaarigen Hippy schneller voranzugehen scheint, wir hadern mit uns und beginnen mit derselben Sondierung der Waren und der Menschen an den Kassen und der Einkaufswägen,

Und das alles weil wir nicht dort stehen wo unser Hirn uns zuerst saget „bleib gleich hier, der sieht zwar schlimm aus mit den langen Haaren aber du kannst ja die Luft solange anhalten, schau der hat nur eine Schachtel Kippen".

Aber NEIN wir wissen es besser wir stellen uns an die Kasse mit dem Kind, wo die kleine Tochter so süß es auch wirkt, alles wieder in den Waagen wirft was die Mutter gerade mühevoll aufs Band legte, die Kassiererin höflich bleiben will und sich ein gestelltes grinsen ins Gesicht stellt.

Der Hippy an der Kasse nebenan schon fertig ist und uns ein ebenso Verlogenes wie schadenfrohes Grinsen entgegenwirft, wie die Kassiererin der Mutter, weil er merkte das wir Minuten zuvor haderten an welche Kasse wir uns stellen sollten. Wir haben in diesem Moment beschlossen Ihn zu hassen, und nur, weil wir sauer sind auf unsere eigens getroffenen Fehlentscheidung.

Was lernte ich aus solchen Situationen? Nichts, wir werden beim nächsten Mal wieder so entscheiden, weil wir uns von Vorurteilen leiten lassen statt auf unsere Erfahrungen zu „hören". Ich weiß. Der erste Gedanke ist oftmals der richtige.

Hör auf ihn, unsere Erfahrungen leiten uns und nicht immer unser Kopf.

Unser Kopf denkt zu viel.

Wer spricht mit uns?

Oder über uns?

Ich bin jetzt über 40, habe schon mit mir selbst geredet da war ich noch ein Kind. Habe über mich lachen können und manchmal lachte mich auch die Stimme in meinem Inneren aus.

Die Stimme bedränge mich, um Entscheidungen schnelle zu fällen obwohl ich noch nicht so weit war. Sie sagte ich solle Dinge nicht tun oder Situationen nicht kommentieren. Worte wie „lass es", „halt bloß die Klappe" oder „ach einmal geht noch".

Diese und ähnliche Sätze kennt jeder von uns. Jeder hat Variationen solcher Sätze schon gehört und mit sich selbst im inneren gekämpft, sei es, wenn man verliebt ist, sich wutentbrannt trennte, man selber weint oder man die Stimmen im inneren heulend zurücklässt. Man triumphierend aus einem solchen Gespräch heraus geht oder überrascht ist, wenn man das Streitgespräch vorab verloren hat und dennoch eine Erleichterung verspürt, wenn das erlebte „fremdentschiedene" doch funktionierte.

Viele nennen diese Stimmen Engelchen und Teufelchen. Gut oder böse, halt Yin und Yang.

Ich kenne Sie schon so lange, rede täglich mit ihnen und lasse mich leiten. Dennoch kenne ich nicht ihren Namen, kenne nicht ihre Form oder Farbe.

Aber sie sind da, alle beide, jeden Tag jede Nacht. Sprechen mit vollem Mund und reden, wenn ich schlafen will.

Das schlimmste ist aber dass sie einen Pakt miteinander geschlossen haben, der eine redet mit der Stimme des anderen und da ich sie nicht sehen kann muss ich sehr genau hinhören. Sie tun das nicht immer und nennen dieses Spiel Prüfung. Ich finde es einfach nur verwirrend.

Sie sind gemein und niederträchtig. Können einen aber auch wohlig aus Watte betten und warm umhüllen, sei es mit einem Streicheln oder einem einzelnen Wort.

„Doch." Sagt sie „Du hast alles richtig gemacht"

Und die Glücksgefühle überhäufen einen so lässt es sich leben…

Wir drei

Wir sind niemals allein

Ich möchte hier meinen persönlichen Standpunkt und Einblick in meine Sicht der Gedanken erklären.

Hoffe aber auch das man mir dabei folgen kann.

Natürlich spielen mehrere Faktoren eine rolle warum ich denke wie ich denke. Wir alle sind verschieden, haben unterschiedliche Erfahrungen gesammelt haben lügen verarbeiten müssen haben verschieden viele positive Sachen erlebt oder halt negative.

Einen Einblick in meine innere Welt möchte ich hier geben, werde im Laufe des Buches mit Sicherheit auf einiges wiederholt eingehen und natürlich auch näher beleuchten. Andere Abspeckte in meinem Leben kann ich nicht detailliert beschreiben, weil es einfach niemanden was angeht.

Ich bitte daher um Verständnis.

Um ein einfacheres Verständnis bei euch zu fördern, gibt es bei mir kein Engelchen und Teufelchen, kein Gut und Böse. Das werdet Ihr im Laufe meiner wirren Erzählungen verstehen.

Es war mir anfangs noch möglich beide Stimmen aus einander zuhalten. Ihr dürft nicht vergessen Sie sind ich, die selbe Stimme derselbe Humor, als gebe es mich noch Zeit weitere Male.

Wie gesagt anfangs konnte ich sie noch klar lokalisieren wer wer ist, allein der Zeitpunkt, wenn sie sich meldeten gab mir Aufschluss darüber wer sich meldet. Meinst ist die gute Stimme früher schneller gewesen, weil sie eher instinktiv antwortete. Die Böse brauchte immer etwas Zeit um zu reagieren, Sie überlegte sich anscheinend wie sie mich versuchen konnten mich auszutricksen.

Ergo meldete sich meist die gutmütige zuerst um gefolgt binnen Sekunden von der anderen verhöhnt zu werden, oftmals Stichelten sie sich oder verletzten sich mit Worten kurz gegenseitig, bevor sie sich an mich wendeten und mit mir agierten.

Waren oftmals lustige Situationen und ich musste selbst in nicht dafür vorgesehenen Momente Lachen, was oftmals meinem gegenüber nicht gefallen hat.

Waren?

JA, mittlerweile arbeiten beide fast schon zusammen, teilen oftmals die Meinung und wenn der einen die Worte fehlen beendet die andere dann begonnenen Satz.

Wo ich früher Zeit hatte zwischen den Angriffen zu verschnaufen um als dritter im Bunde zu reagieren und eine Entscheidung zu treffen.

Bin ich teilweise zu schwach um etwas ausrichten zu können und eine der beiden übernimmt.

Dies manifestiert sich teilweise in Schüben wo ich etwas sage was ich nicht sagen will, nicht verwechseln mit Ehrlichkeit, Ehrlichkeit ist eine bewusste Aktion. Eine der Stimmen übernimmt und wären diese nennen wir es angekoppelt ist, werde ich weggestoßen vom Steuerpult und muss warten bis es freu ist.

In letzter Zeit muss ich oft den angerichteten Schaden begrenzen und mir bleibt nur noch der Besen und die Schaufel um die Scherben aufzukehren.

Und dann... dann kommt oftmals die andere stimme, ich glaube es ist die gute, sie stößt mich weg von der Konsole und lässt mich buchstäblich in die Scherben sinken, ich schneide mich tief an den Scherben und flüstert mir zu „siehst du ich habe es dir ja Probezeit".

Was kann man dagegen tun? Nichts sage ich euch nichts.

Probleme entstehen im Kopf, sagt man. Das ist war umso länger man darüber nachdenkt umso verschiedenere Möglichkeiten hat man durchgespielt mit allen berechenbaren Konsequenzen. Aus dieser erstellt man weitere und wieder weitere ein Teufelskreis.

Und normal übernimmt dann eine Stimme die Steuerung und sagt, „bis hier her und nicht weiter, sei vernünftig".

Und ja ich weiß auch warum sie früher so agierten, getrennt voneinander.

Früher waren sie wie eine Marionette an Fäden hängend an Armen, Beinen, Kopf. Beide ober eine Art Flaschenzug verbunden. Wenn einer an der Konsole stand, waren für den anderen die Fäden zu kurz, Sie konnte die Konsole nie erreichen.

Sie wollten agieren und sie konnten nicht, behindert durch die Fäden.

Heute, sind die Fäden weg. Ich weiß nicht ob sie getrennt wurden durch mich, ob sie sie selber durchschnitten, ob sie durch verschleiß rissen.

Ich glaube aber dass sie sie früher nicht gesehen haben ich glaube das sie nicht wussten auch wenn sie es spürten das die angebunden waren. Und nennen wir es Schicksal, nennen wir es Bewusstseinserweiterung oder Verrat. Ich glaube das sie sich befreiten von den Fäden als ich Freiheit erlange als ich endlich von meinem Chef und der Firma abstand gewann, Die Stimmen dadurch nicht mehr gezwungen waren getrennt zu agieren und jetzt, jetzt nutzen Sie ihre Macht schamlos aus und merken nicht das sie dem Träger damit schaden.

So wie mein Chef nicht merkte und dessen Chef und im Endeffekt die Geschäftsleitung das sie mir durch jahrelanges Mobbing geschadet haben. 12 Jahre mussten meine Stimmen agieren zwischen Kosten und Nutzen Ihrer Aktionen, ein eingespieltes Team.

Nun wo ich nicht mehr in der Firma bin Arbeiten sie aus Gewohnheit weiter, Agiere, funktionieren, Lügen, hören zu, spenden Mitgefühl oder teilen mit aller Kraft aus.

Nur es gibt keinen Feind mehr keinen Chef keine Firma. Sie sind allein. Anfangs stichelten sie sich gegenseitig, mit scherzen und kleinen Beleidigungen. Später wurden sie immer ausgefeilter, weil sie sich kannten und sich nicht gegenseitig herumschupsen ließen.

Eine Schlachtbegann die keiner gewinnen konnte, der eine konnte den anderen nicht verletzen.

Zwei unsterbliche in einem endlosen brutalen Krieg. Der tosende Machtkampf ärgerte mich ich fand kaum ruhe zum Schlafen, kaum ließ er mir Kraft zu essen oder mich an der gewonnenen Freiheit teilhaben.

Immer lauter wurde es in meinem Kopf.

Eine Regelung musste her, ein Machtwort gesprochen werden. Ruhe musste einkehren, um Zeit zu finden mich zu besinnen und zu konzentrieren, auf die Dinge die kommen würden.

Also stand ich auf, also nicht wirklich, sondern in Gedanke, ging zwischen die beiden und da ich mein eigenes Wort kaum mehr verstand vor Lärm schrie ich… „jetzt reist euch mal zusammen, habt ihr den Arsch offen, ich will schlafen".

Dies war ein Fehler, nein eine Katastrophe Biblischen Ausmaßen, dies war der Beginn meines Untergangs.

Auf einmal Stille.

Absolute Ruhe, der hall meines letzten Worts „…schlafen" halte durch den Raum. schlafennnn……
hlafennnn…..afennnn….fennnn…. nnnnn…….

Das Wort "Schlafen", es verstummte. Der Hall der letzten Buchstaben schien sich Minuten an der Schädel Innenseite immer wieder zu brechen und hallte nunmehr von allen Seiten auf mich nieder zumal es dann immer leiser wurde.

Ruhe …. Völlige Stille…… nichts….

„Wau" wollte ich denken aber ich dachte es nicht, ich bekam kein Wort heraus. Ein brennen in meiner Kehle sagte mir das stimmt was nicht. Ich konnte nicht agieren, konnte nicht denken ……….Stille.

Nach gefühlter Ewigkeit in dieser stille vernahm ich leise ein Geräusch…. Was war das. Ganz leise, ganz weit weg. Es kam nicht aus dem Kopf hier redete niemand, mein Machtwort hatte offensichtlich seine Wirkung nicht verfehlt. Gut so, ich bin hier der Chef.

Das Geräusch ertönte wieder, diesmal war es lauter. Erneut konnte ich es vernehmen und auch lokalisieren, ja beim dritten Mal sogar identifizieren.

Ein Herzschlag. Es war so ruhig in mir drin, dass ich mein Herz hören konnte.

Aber ... aus irgendeinem Grund gefiel es mir nicht. Es schlägt also alles in Ordnung. Wollte ich denken, aber ich hörte meine innere Stimme nicht. War sie jetzt so eingeschüchtert sich nicht mehr zeigen zu können.

Ich wollte sie rufen aber ich hörte nur meinen Herzschlag

Nach kurzer Zeit vernahm ich auch das Geräusch eines Atemzugs, es war aber kein gewöhnliches ein oder ausatmen. Auch kein aufatmen. Eher ein schnaufen, ein schnaufen eines wilden Tiers.

Da.... Schon wieder diesmal lauter, nein nicht lauter, es war das selbe, nur aus verschiedenen Richtungen.

Instinktive spürte ich das etwas geschehen war, nichts Gutes, nichts liebe volles. Aber ein Hauch von Unendlichkeit. Ein Schauer lief mir über den Rücken, als ich begriff was geschehen war.

Denn dies waren meine zwei inneren Stimmen, meine guten und bösen Seiten, ...vereint.

Ich sah keine Augen, spürte nur noch einmal ihren Atem und dennoch durchdrang mich Ihre Blicke, Sie erspähten einen Neuen Feind.

Da stand er, eingeschüchtert, vorlaut, verletzlich wie ein Rehkitz. Und allein….

Allein ohne Schutz, keine Engelchen oder Teufelchen um sich, allein…

Seither greifen sich mich unentwegt an, spielen mit mir, lassen mich nicht schlafen, nicht essen, gestalten meinen Tagesrhythmus. Dies machen sie so gut das ich keine Kraft mehr habe die Hände vor das Gesicht zu halten, wenn Sie mich schlagen.

Kleine Kraft ihre Attacken abzuwehren, seit Monaten befinde ich mich in mehreren verhören zu gleichen Zeit. Ihnen fehlt das gänzlich Maß an Vernunft, Kraft und Zeit.

Dieses maß war ich, ich sagte ihnen, wenn wir essen und dabei das Maul halten ich sagte ihnen wenn wir schlafen und möglichst leise reden, flüstern oder mich in den Schlaf singen.

Ich war es der ihnen Maß gab, regeln, Momente meiner Aufmerksamkeit, Umarmungen, wenn wir zusammen etwas Tolles erlebten oder überlebten.

Diese Momente sind vorbei. Ich kann mich kaum mehr daran erinnern, ihre Boshaftigkeit ist so rasend, dass sie die Erinnerungen dabei zerschlagen. Stück für Stück.

Nur wenige Momente, die ich habe um klar zu denken und zu agieren. Wenig Zeit für mich. Sie ergötzen sich daran mich besiegt zu haben trampeln auf mir herum, spucken auf mich, nehmen mir jegliche kraft und Motivation.

Drücken mich herunter, wenn ich aufstehen will, führen mich vor, wenn ich mich ordentlich verhalten will.

Nun bin ich ihre Marionette. Ohne Lebenslust, perspektive. Ein Ding, ich fühle mich wie ein fleischfetzen.

Blutend sinke ich manchmal ins Bett um Minuten später wieder aufzustehen, ohne zu wissen warum, ohne Kraft zu haben irgendwas zu machen.

Ich spüre wie ich manchmal da sitze. Löcher in die Luft kucke und das Sicht Feld verschwimmt....

ich weine. Ich weine Grundlos, kein schmerz veranlasst mich, keine Worte verletzten mich, ich weine. Ist das normal?

In den wenigen klaren Momenten versuche ich mich abzulenken, versuche Spaß und Begeisterung zu empfinden, nichts..... keine Kamera, kein Computerspiel, keine Nachricht von irgendjemand. Spüre kein Bedauern darüber, ich spüre nichts.

Beschäftigung lässt die zwei in meinem Kopf verstummen, als würden sie gespannt zusehen was ich tue umso gleich entgegenwirken zu können.

Diese leere in mir füllt sich immer mehr das Bedürfnis, etwas zu empfinden wächst leider nicht so schnell wie die Leere. Dieses Nichts in meinem Kopf überschwemmt wellen artig meine aufgebaute Motivation, wie eine Sandburg am Strand. Welle für welle verschwindet sie.

Ich kann nicht mehr...

Der Rausch

Gefühle kommen zurück

Es war an einem Montag, ich hatte den Schlagabtausch zwischen uns drein gut überstanden und ich wollte mich gleich beschäftigen.

Ihnen keine Zeit lassen auf mich einwirken zu können. Also stand ich vom Pc auf, ja ich hatte wiedermal eine Nacht nicht geschlafen und mich mit deprimierender Musik mit Kopfhörern versucht die zwei aus dem Kopf zu blasen. Ohne Erfolg. Wie gesagt Zeit für einen neuen Angriff wollte ich ihnen nicht lassen und da ich fertig war, und ich war richtig fertig. Ging ich Duschen, als ich gegen drei Uhr zwanzig in die Küche ging um mir einen Kaffee zu machen stellte ich fest das ich vor Tagen eine alte Konservendose eines Fruchtcocktails auf der Spüle stehengelassen hatte.

Wollte sie wegwerfen und blickte in die Dose, der Deckel lag schon drin. So ein Deckel mit Aufreißlasche.

Dieser lag mit der hochgeklappten lasche nach unten. Statt die Dose anzuheben und zu schütteln griffe ich in die Dose um den Deckel mit dem Fingernagel zu greifen und zu drehen. Ich drückte die dosen immer gern wie eine Zahnpasta Tube zusammen dies bewerkstelligte sich aber am besten, wenn der decken andersherum in der Dose lag. Lasche nach oben.

Als ich die Hand aus der Dose zog verletzte ich mich am Dosenrand und schnitt mir kaum erwähnenswert in das Handgelenk knapp über dem Daumen.

Plötzlich ein Gewitter in meinem Kopf. „was ist passiert" fragte die eine Stimme. Sofort antwortete die andere mit "nichts weiter, noch mal gut gegangen, kaum was zu sehen du Mädchen".

Das war nicht ich, doch eigentlich schon so wie früher eine ganz normale unterhalten zwischen Yin und Yang.

Dies hielt einige Stunden an, wurde sogar noch einmal fürsorglicher als ich den Kratzer an meinem Schreibtisch unachtsam rieb.

Fasst mütterlich waren die Sorgen der Stimmen fast bestärkend ihre aufmunternden Worte.

Ein Rausch von Gefühlen umgab mich ich war froh war heiter hatte einen tollen tag, sagte mir immer wieder, Mensch müsstest eigentlich müde sein du hattest nicht geschlafen aber es ging mir gut.

Abends noch eine Verabredung mit Freunden zum Zocken ein toller Tag und ein langer Abend bis weit nach zwölf Uhr am nächsten tag. Ein wundervoller Tag wie schon lange nicht mehr.

Die Stimmen stritten nicht, sie prügelten auf mich nicht ein, nein sie sorgen sich um mich alles war wie immer, wie früher.

Am Morgen verabschiedete ich mich von den Onlinezuschauern und ging müde aber mit einem Lächeln zu Bett. Das erhebende Gefühl sollte aber nicht lange anhalten.

Die ersten Spitzer der Feindseligkeit spürte ich als ich gegen sechs Uhr aufstand. Nachdem ich dann nach sieben Uhr wieder daheim war, war schnell im real, ein paar Brötchen vom Bäcker, käse Salami. Ich hatte seit langem mal wieder das Verlangen nach einem tollen Frühstück.

Dies hielt aber nur noch diesen Tag an, am Mittwoch hatten wir schon wieder fast das Level vom Wochenende erreicht. Keine Lust zum Essen, kein Bock irgendwas zu enternehmen, ja selbst das abendliche zocken habe ich einfachausfallen gelassen ohne irgendjemandem Bescheid zu sagen.

Sie hatten mich wieder voll im Griff. Und wieder das verlangen das es aufhört.

Kann es nicht ertragen wochenlange Pein, Lustlosigkeit und Depressionen.

Nach fast zwei Wochen, gefangen in dieser Spirale, verfolgt von dem Wunsch das es endlich, endlich aufhören mag.

Stellte ich fest das ich mein Testament zum wiederholtesten mal abgeändert hatte. Nein nicht auf den Wunsch heraus mein Leben zu beenden und meine Sachen schon erledigt zu haben.

Oder arbeitete ich unbewusst daran.

Seither nutze ich es als Option, das ist meine Flucht, so entkomme ich diesem ständigen Hagel an Gedanken,

Man sitzt da und denkt über das gedachte nach....

...verzettelt sich in Einzelheiten und kann sich nicht wieder lösen.

Und jedes Mal wenn ich mich verletzte habe ich Minuten manchmal Stunden das Gefühl ich würde leben. Diese Zeit wird immer knapper, endet immer abrupter. Muss ich tiefer schneiden?

An den anderen Tagen vegetiere ich nur umher, gehe nicht raus, schaue Löcher in die Luft. Das ist kein leben. Ich will hieraus. Raus aus meinem Körper, weg von dieser Welt.

Weg von dieser leere in mir, weg von der Gefühllosigkeit, weg.

Vielleicht ist der Tot doch keine so schlechte Idee....

Bescheidenheit... (*lange Pause*)

...ihr wisst, das musste so kommen.

Bescheidenheit ist die Krönung seines perfekten Charakters.

Es steckt viel in diesem kurzen Satz. Für den einen Überheblichkeit, für eine andere Ehrlichkeit. Und verwechselt niemals Überheblichkeit mit Selbstsicherheit und Ehrlichkeit mit Angst.

B - Besonders
E – Einfühlsam
S – Selbstsicher
C – Clever
H – Hingebungsvoll
E – Ehrlich
I – Irrational
D – Dumm
E – Ehrgeizig
N – Nachdenklich
H – Herrschsüchtig
E – Einfach bis langweilig
I – Irrgläubisch
T - Tolerant

Bescheidenheit... (*lange Pause*)

...ihr wisst, das musste so kommen.

Dieses Wort, diese Begrifflichkeit, so surreal sie für Euch klingen mag, hat für mich immer eine ganz bestimmte Bedeutung gehabt.

Für Euch... für euch, beschrieb sie immer das Gegenteil von dem wie ich agierte oder mich benahm. Dies ist kein Vorwurf, manchmal habe ich ja mit Absicht dieses Wort gewählt um euch ein wenig zu necken.

Aber viel zu oft fühle ich mich missverstanden, nicht ernst genommen. Aber wie solltet ihr es auch besser wissen...? Für mich beschrieb es den Zustand etwas machen zu können ohne es zu dürfen.
So oft hätte ich viele Dinge anders gemacht, wusste aber das ich dann noch weiter ausgegrenzt werden würde oder verurteilt.
Verurteilt nach dem Motto, „wie kann er nur" und verurteilt in Gesetzlicher Hinsicht.

Ja ich hätte nicht nur im negativen, oft gern mehr gemacht, fester zugeschlagen jemandem in Wald verscharren wollen. (*Und jeder von Euch denkt gerade an jemand ganz besonderen?*)

Sondern ebenso im positiven. Aber man wird dumm angeschaut und auch angemacht, wenn man jemanden uneigennützig helfen will. Einfach aus Mitleid, weil man gerade Zeit hat oder es unfair findet wie gerade jemand durchs Leben gehen muss.

Und ja man kann nicht jedem helfen, aber einmal die Woche, im Monat. Jemandem beim Einkaufen etwas aus dem Regal reichen, weil er zu alt zu klein ist um dort selber heran zu kommen. Wäre das ein Anfang? Und weil wir gerade dabei sind: jeder regt sich gern darüber auf, dass alte Menschen an den Supermarktkassen so lange brauchen und den Einkauf in Cent Stücken bezahlen.

Wer von euch hat jemals, weil der ältere Herr noch nach 17 Cent sucht mal einfach das fehlende Geld auf die Kasse gelegt und gesagt das passt so, machen und wenige Cent ärmer? Nein sie bereichern unser Leben und auch das Leben des Rentners, erfühlt sich nicht allein, sieht, dass es Menschen gibt die helfen.

Das Arschloch hinter mir bereichert es, weil er nicht mehr meckern muss, mich bereichert es, weil ich sein Gezeter nicht mehr ertragen muss. Und uns alle an der Kasse bereichert es, weil alles schneller geht und wir nachhause kommen. Denkt mal drüber nach?

Bescheidenheit ist für mich nur an wenigen Stellen helfen zu können ob wohl ich an so vielen helfen will. Sei es mit damit jemanden über die Straße zu helfen, weil er nicht so gut zu Fuß ist oder jemanden nicht zu erschlagen und die Supermarktkasse somit leichter und erträglicher zu machen.

Stehen deswegen keine Kompostbehälter bei den Flaschen und Papier Container?

Ich will helfen und kann nicht, ich will helfen und darf nicht, weil es einen Chef gibt der nicht mal alleine auf Klo kann aber das sagen hat. Ich später seine Mist ausbaden muss ohne zu sagen „siehst du ich habe es ja gesagt". deswegen bin ich bescheiden, weil ich mir zu oft auf die Zunge gebissen habe.

Aber genug davon... nun ist es auch egal.

Es ist an der Zeit, dass ich das Feld räume. Ich beginne, die Dinge so zu sehen, wie sie sind.

So mancher Abschied ist ganz nützlich, und doch tut jeder weh.

Nichts lässt uns so sehr auf ein Wiedersehen hoffen wie der Augenblick des Abschieds.

The End

Things will never be the same .

Was ist das? Das Ende.

Ich weiß es, aber um das alles zu schreiben werde ich einige Tage oder sogar Monaten benötigen. Aber all das was ich hier niederschreibe sind Gedanken – frei raus ohne Zusammenhang. Humor (aber den nur sehr wenig) , Wut ,Hass ,wirre Gedanken und Vermutungen und besonders Ängste die mich Quälen .

Zusammenhänge, Anspielungen zu Bekannten Personen sind Zufällig.

Einleitung

Wenn sie hier eine Einleitung suchen, sind Sie hier an der falschen Adresse.

Das Leben kennt keine Einleitung, nur Schmerzen die man zugefügt bekommt werden von irgendjemanden eingeleitet.

Was investiert man? Wer fragt hier wo? Egal wo, in die Zeit, in eine Beziehung oder auch in eine Freundschaft.
Zeit kann unendlich sein ... oder man hat nie genügend von Ihr. Oder man hat nie Zeit sich die Zeit zu nehmen um die Zeit zu genießen. „Zeit heilt alle Wunden sagt man. Aber was heilt die Wunden der Zeit? „Von wegen „Zeit heilt alle Wunden „ ....

Das ist eine Lüge, wie so vieles andere auch. Im Leben passieren so viele Dinge die nichts aber auch gar nichts heilen kann. Wenn man das hier liest weiß man nie was gemeint ist. Denkst Du das? Falsch, dann hast Du denn Ernst der Lage noch nicht begriffen. Aber vielleicht wirst Du noch erleuchtet.

Wie beginnt man eigentlich, wenn man schreibt, ob es ein Buch ist oder nur ein paar Seiten sind? Ich weiß es nicht, ich beginne einfach.

25.11.2000 ,02:24

Ruhe – das höchste Glück auf Erden ...... kommt meist nur durch Einsamkeit in das Herz.

Ich fühle mich nun Einsam ... einsamer geht es kaum. Wenn man denkt man hat etwas, was man auch gernhat, und ich hab es gern, dann gibt es immer jemanden oder etwas, das dir genau das wegnimmt. Man schlägt Dich nieder, raubt Dich aus, und weil das noch nicht reicht .... gibt man Dir den Rest indem man all das tut was Dir nicht gefällt und worüber Du dich ausgelassen hast. Integration ein Fremdwort.

Ich selbst habe immer versucht mich zu integrieren, auch wenn es nicht einfach war und ich auch Rückschläge erfahren musste. Aber nun stoße ich auf taube Ohren, Unverständnis sowie Trotz.

Niemand fragt mich. ob es mir gefällt, oder was ich fühle, NIEMAND.

Scheiße. Ja Scheiße, es ist, gequirlte Hühnerkacke.

Ich will nicht, OKAY, man will nicht, Akzeptiert. Aber ich habe es kommen sehen sowie geahnt. Ein Datum, ein Untergang. Aber denke nicht das der Untergang beendet ist, Ohhhhhhhh Nein noch lange nicht, man wirft mir von oben her noch Steine hinterher, so auf den Weg.

Man sagt mir immer wieder nach, ich habe eine negative Einstellung zum Leben. Ja, aber erst seitdem ich in des Unmenschliche System einer Ausbildung gestoßen wurde. Mich wehren wollte und ich feststellen musste das es nicht auf die freundliche, sondern auf die harte Tour ging um mich zu wehren. Diese Einstellung, alles etwas skeptischer oder auch negativer zu sehen, hat mir da sehr viel geholfen. Sie hat mir zwar auch schon geschadet, aber das fällt kaum ins Gewicht gegenüber den, in dem sie mir half.

Meine Erziehung war zu gut, zu ordentlich, dafür hasse ich meine Eltern, aber was soll ich tun? Es ist wie es ist, Scheiße. Gerechte, Ordentliche, Saubere, Willige Menschen werden auf Erden nicht benötigt.

Ich zum Beispiel habe ein zu weiches Herz, einige werden jetzt sagen, ha, der mit seinem Blick, der hat nicht einmal ein Herz. So dachte ich sogar selbst von mir, aber das änderte sich schlagartig als ich eine nette weibliche Person kennenlernte. Ich war verliebt. War ich das? Nein ich bin es noch immer,

aber ich beginne zu zweifeln. Die Worte „Ich liebe Dich"
werden von vielen nur so heraus gesagt, ohne die
Aufrichtigkeit der Worte begriffen zu haben. Ich für meine
Seite weiß sehr genau um Ihre Bedeutung.

Ich setze diese Worte weise ein. Was ich sage meine ich auch.
Das ist vielen nur nicht bewusst. Ich besitze zwar auch Humor,
der oft in den falschen Hals gerät, deswegen lasse ich es und
scherze nicht, deshalb bin ich die meiste Zeit ernst.

Gerade jetzt habe ich wieder einen Gedanken. Niemand aber
auch niemand hört mir zu. Aber man erinnert sich wage daran
das ich irgendwann irgendetwas mal gesagt haben soll.

Man erinnert sich nur sehr spät an mich. Man tut nur so als
hätte man mir zugehört, und fragt mich ab und zu etwas, aber
wahrscheinlich nur um mich zu beschäftigen oder das Gefühl
zu geben ich sei doch nicht so unnütz. Scheiße sag ich nur
dazu. Genau so kommt es mir immer wieder vor.

Warum schreibe ich das hier eigentlich auf? Ist es lange weile?
Nein mit Sicherheit nicht, es geht mir darum alles einmal
gesagt zu haben was in mir vorgeht, was ich fühle oder denke.
Die Worte zu schreiben und dann zu lesen gibt mir das Gefühl
es gesagt zu haben ohne etwas zu sagen. Aber letztendlich ist
es auch um sonst, niemanden interessiert es was ich denke und
fühle, also werfe ich all die Seiten die ich hier schreibe
bestimmt ungelesen weg. Egal, Hauptsache es ist raus und ich
kann mich freier fühlen. Ich komme sonst nur auf falsche
Gedanken. Welche? Zum Beispiel: Sachbeschädigung,
Körperverletzung und Selbstmord.

Ich weiß, das ist nicht gerade fein und man spaßt damit nicht.
Aber im Ernst, genau das denke ich. Bei Sachbeschädigung
ist es scheiß egal was ich kaputt mache, ob fremdes oder
eigenes. Bei der Körperverletzung ist es schon schwieriger.
Denn finde mal jemanden der sich grundlos
zusammenschlagen lässt? Aber wenn ich wütend bin, reicht
ein falsches Wort und alles ist möglich.

In den letzten Tagen und besonders heute, kam mir wieder der
Gedanke mir das Leben zu nehmen. Gegen einen Baum
fahren, aber nicht allein, oder mit dem Messer spielen.
Einfacher wäre es ich wäre in Manching und hätte eine Waffe,
ging schneller.
Warum aber umbringen? Ich habe keine Angst vorm Tot, aber
Angst ich mache es nicht richtig, und könnte überleben und
auch, dass ich allein sterben musste.

Ich weiß in unserer Gesellschaft sollte man so etwas nicht
sagen oder denken, aber ich fühle mich manchmal so, und
wenn ich damals schon denn Mut gehabt hätte so gebe es mich
heut nicht. Also ist es gut und schlecht in einem. Schlecht, weil
ich keinen Bock habe mich ständig anderen durch meine Art
zu helfen aufzuzwingen, weil es ja doch keiner will. Und gut,
weil ich sonst Sabrina (mein ein und alles) nie kennengelernt
hätte. Ich liebe Sie und ich weiß nicht ob sie das weiß wie ernst
es mir ist. Ich will Sie nie mehr hergeben müssen, aber dieser
Sonnenschein hat auch seine Schattenseiten. Es ist nicht
immer leicht ihr einige Ding klar zu machen, und auch nicht,
wenn sie unhöflich ist, wo ich gar nichts dafür kann. Und wenn
ich mich schlecht benehme oder meckern, dann muss man mir
das sagen, denn auch Sie merkt nicht gleich selbst wenn sie
unhöflich ist. Dann sag ich es Ihr, aber man muss es mir halt
auch sagen.

Ich habe gelernt „Nein" zu sagen, und auch wie man damit
umgeht. Bei Ihr „Nein" zu sagen ist nicht einfach, es tut jedes
Mal weh. Aber ich muss es tun. Sie kennt die Grenzen nicht

und versucht alles um zu sehen wie weit sie gehen kann. Aber es schmerzt. Ich halte das durch. Oder ich zerbreche daran.

Immer wird alles so gedreht das es so aussieht, dass ich schuld wäre, aber dem ist nicht so.

Ich beginne zu begreifen was man versucht, aber ich habe nur den Hauch einer Ahnung.

Der springende Punkt ist, ich lasse nicht mehr alles durchgehen, denn die maximale Last in meinem Herzen ist erreicht. Welche Last? Die Last meiner Gefühle und Gedanken gegen und für Sabrina, Thomas und einigen anderen. Gut und schlecht in einem Herzen, das geht nicht gut. Das ist wie Feuer mit Benzin bekämpfen. Wie Feuer und Schwefel.

Mein Herz hat Risse von dieser schweren Last, diese schmerzen und heilen nur langsam.

Enttäuschungen und Zurückweisungen, wirken nicht gerade wie ein Pflaster, eher ein Messer was das Herz durchbohrt. Was soll ich tun? Muss ich meine Einstellung ändern?

Diese zu ändern, die über Jahre hinweg unter Zwang entstand und nun die Oberhand gewonnen hat und mit der es sich auch leben lässt, auch wenn es nicht immer leicht ist, kann man so schnell nicht ändern. Ich bemühe mich, ich bin bereit dazu, aber es wird nicht einfach sein. Und auch wenn ich es mir nicht immer eingestehen will, aber vielleicht brauche ich Hilfe!

Hilfe? Ist es schon zu spät?

Was ist es das immer wieder einen Keil zwischen Sabrina und mir treibt?

Es sind unsere zwei verschiedenen Charaktere, unsere unterschiedlichen Meinungen zu einem Problem und Unverständnis. Aber auch Kleinigkeiten an die man sich aufgeilt. Zugegeben, unnütz.

Okay, vielleicht komme ich noch mal darauf zurück.

25.11.2000 ,11:40

Was sind Versprechen? Nicht zu verwechseln mit Versprechungen. Wenn man jemanden etwas verspricht, so hält man dies auch auf irgendeine Weise ein, oder?

Es gibt aber Menschen denen ist es egal was sie gestern oder vor einigen Stunden oder Tagen versprachen. Ich für meinen Teil halte es so, dass ich das was ich sage zu 99 % einhalte, ich versuche es immer. Ob Pünktlichkeit oder ähnliches. Sollte ich einmal merken das ich es vielleicht nicht so hinbekomme wie ich es versprach, dann gebe ich Bescheid, das sich hier und da etwas ändern könnte. Und vermeide so unnötigen Stress.

Thema: Stutzig sein. Wenn man jemanden bittet etwas zu tun und dieser jemand macht so als hätte er es nicht gehört und auch wenn er es tut, aber Stunden später. Ist das nicht fein, oder gut. Aber plötzlich tritt ein anderer in dieses leben und dann, aber nur dann gehen diese Dinge sofort, schnell, ordentlich, freundlich und unverzüglich.

Das macht MICH Stutzig.

Ein Freund, denn ich schon lange kenne, oder zumindest dachte ich, ich kenne Ihn, hat mir sehr weh getan. Ich war fast drauf und dran diese Freundschaft aufzugeben, aber die Bogen glätteten sich ein wenig. Nicht 100 %ig, das wird wohl nie wieder der Fall sein aber halt zu einem erträglichen Maß. Nun kommt es mir aber wieder so vor, dafür kann dieser Freund nun leider nicht viel, aber er steht wieder zwischen den Fronten. Was tut er da?

Nichts. Seine bloße Anwesenheit zwischen diesen Fronten ist das Problem. Man will Ihm nicht weh tun, zurückweisen, aber auch auf keinen Fall näher herankommen lassen.

Es entsteht Eifersucht und Wut und man erntet Zurückweisung und Spot.

Die eine Seite will Ihn auf seine Seite ziehen, aber die andere Seite will nicht das er rübergeht.

Ich fühle mich scheiße, möchte weinen, kann es kaum zurückhalten ....

Warum? Ich habe wieder negative Gedanken, laß ein Gedicht und ich habe Angst vor dem was ich gerade laß. Könnte es vielleicht stimmen, die Angst ist da, aber ich will es nicht wahrhaben.

Ich hasse mein Leben, ich hasse diese Angst, ich hasse dieses Gedicht. Es kann so viel Wahrheit darin stecken, soviel Schmerz. Ich weine ....

„Ich liebe Dich" höre ich noch, aber ist es nun Ernst oder sind diese Worte des Vertrauens und der Liebe, nur so dahingesagt. Ich weiß es nicht, und schon wieder sehe ich das Gedicht vor mir.

Ich schreib es jetzt hier nieder, damit jeder weiß oder ahnt was ich meine.

Es ist gegangen

Es hat sich noch einmal Umgedreht – Hilflos

Hat es seinen Mantel Genommen, dann ist es gegangen,

ganz langsam, mit hängendem Kopf …

Es ist gegangen

Dein Gefühl für mich!

....

Eifersucht, Liebeskummer – ich weiß was das ist und ich verstehe auch die Leute und Jugendlichen die sich deswegen das Leben nahmen oder dies noch vorhaben.
Ich habe auch diese Gedanken. Was hindert mich daran? Ich weiß nicht genau, ist es die Angst, dass die Menschen die dich soweit trieben es nicht verstehen, oder das du Ihnen durch deinen Tot nicht genügend schadest?

Egal warum, irgendwann ist das Fass übergelaufen und wird umstürzen, und da es bis zum Rand schon gefüllt ist, habe ich Angst vor den nächsten Regen, meinen Tränen und dem Schmerz. Das Fass schwangt.

Mir fällt gerade auf das ich noch nie so viel Seiten hintereinander schrieb .... es macht mich stutzig .... was ist mit mir nur los. Es interessiert doch eh keinen was dich bewegt und was du hier schreibst.

Lasse meine Gedanken erst einmal ausgleiten .... vielleicht später mehr, wenn ich noch da bin.

25.11.2000 ,14:35

Es hat begonnen, die Welt zerbricht. Das Große nichts ist da und kommt um alles zu verschlingen. TRENNUNG – was habe ich falsch gemacht?

Da haben wir es wieder, habe helfen wollen, und nun geht alles und mein Herz wird mit herausgerissen. Alleine ohne Sie, wie soll das gehen, ein Auto ohne Räder wie soll es fahren?

Ich möchte brennen, aber es geht nicht, was kann ich tun? Ich kann nicht mehr ....

Tot, Tot, mehr kann ich nicht denken.

Trennung..............

02.12.2000 ,14:46

Es ist viel Zeit vergangen, in den Letzten Tagen, hatte auch keine Kraft, Zeit und die Nerven hier zu schreiben.

Nun habe ich wieder etwas Kraft um zu schreiben. Hatte am 27. Meinen schlimmsten Geburtstag meines Lebens (zumindest bis jetzt) Sabrina wurde mir genommen, wollte etwas abschalten wegen des Stresses, und bin ins Kino gefahren. Danach kam es wie mit einem Hammer, Sabrina schrieb sie verlässt mich. Prima, die Welt endete für mich am 27. Um 22:15 Uhr. ich wollte nur noch sterben.

Dann redete meine Mutter auf mich ein und am nächsten Tag trat mir Sabrina und Doreen wieder mit Anlauf in den Arsch. Danke sage ich nur. Ich wollte nicht mehr .... nie mehr ......leben. es war nicht leicht mich von den beiden anschnauzten zu lassen aber ich denke habe es gut durchgestanden und Ihnen meine Meinung gesagt. Auch Thomas sprach mit Sabrina, weil er sich sorgen macht um mich. Das hat geholfen und gefruchtet. Sabrina sah ein das es nur eine Seite gibt die recht hat und auch auf welcher Seite ihr geholfen wird. Sie sprach sich mit ihren Eltern aus, die nichts mehr von Ihr wissen wollten um Ihr zu zeigen wem sie trauen und als Freunde haben sollte. Es war und ist auch nicht leicht für mich, sie nahm all mein Vertrauen und warf es weg und sie muss dieses erst wiederaufbauen. Ich kann ihr dabei nicht helfen aber ich werde ihr immer eine Chance geben und werde immer für sie da sein.   Nur wenn sie mein Vertrauen missbraucht, werde ich, auch wenn es mir nicht leichtfällt, sehr weh tun müssen. Nicht in Körperlicher Hinsicht, aber seelisch.

Hoffe wir können nun, ohne Doreen und diese Lügen und den Ärger leben und auch freier denken. Ich will sie nie wieder gehen lassen und sie sagt es auch, dass sie mich nie mehr verlassen will. Ich hoffe, dass es so kommt, ich hoffe es von ganzen Herzen , Ich Liebe Sie .

09.12.2000 ,19:45

Fernsehen, PC , Telefon . Nur eine Zwischenstation bei mir? Wenn „Ja" wie lange noch?

Beginnt hier das Ende?

12.12.2000 ,08:05

Als ob ich es ahnen konnte, Sie ging, ohne ein Wort zu sagen warum. Sie ging am 10.12.00 um ca. 00:50 Uhr.

Sie wolle zu einer Freundin um Ihr zu helfen, sagte Sie mir, wollte meinen Schlüssel. Ich gab Ihn Ihr. Sie nahm nichts mit, nichts. Keine Papiere, keine Sachen, nur das Telefon und meinen Schlüssel.

Warum nahm sie den Schlüssel mit, doch nur um wieder nach Haus zu kommen, oder?

Ich rief sie an, mehrfach, ca. 10-mal. Sie geht immer ans Telefon, aber diesmal nicht. Warum? Was war vorgefallen? Ich weiß es nicht.

Ich bekam 2 SMS von ihr, so gegen halb um drei. In der ersten stand, dass sie bei dieser Freundin übernachtet. In der zweiten, wünscht sie mir eine gute Nacht und sagt das sie das Telefon ausmacht und morgen früh wieder da sei und tschau.

Was ist da los? Sie macht sonst nie das Telefon einfach so aus. Wer hat sie, mit was bequatscht?

Sie war nun weg, ich wusste nun nicht was ich machen soll. Ich habe seitdem sie weg ist nicht geschlafen. Erst 6 Stunden. Nichts gegessen, nur eine Sprite getrunken.

Was ist nur in Sabrina gefahren? Denkt sie den nicht mal daran wie ich mich fühle? Ich bin zerbrochen. Kann nicht schlafen, kann nicht essen. Sie fehlt mir. Es gibt keinen Ausdruck dafür, wie sehr sie mir fehlt. ....

Ich habe einen Verdacht: Sie kommt damit nicht klar, dass ich bei meinen Eltern wohne und sie auch von meinen Eltern ihre Fehler gesagt bekommt.

Wenn ich eine Wohnung habe, soll ich sie mitnehmen? Ist das überhaupt möglich? Wird sie sich anders verhalten? Wird sie sich dann anpassen? Ich weiß nicht mehr was ich denken soll, alles ist jetzt so anders.

Ich denke mir dann immer, es ist alles sinnlos, es gibt einfach keine Hoffnung mehr.

Ich sitze hier in meinem Zimmer, habe mit Absicht so wenig wie möglich das Radio an ...... ich drehe mich um sehe einen Stuhl, das Bett, eine CD und dann ....dann sehe ich Sie .... Sie ist überall, ich kann sie spüren, riechen, sie ist da. Sie fehlt mir.

Ich höre ein Lied einen Song, ich höre sie dann sagen „oh cooles Lied" und schon, ja spätestens jetzt muss ich wieder an sie denken, und dann weine ich ......

Ich höre irgendwo ein Wort, was sie auch einmal sagte und dann ist sie wieder da, ich kann sie nicht berühren, aber sie ist da.

Die größte Frage ist, Warum ist sie gegangen? Warum? Und wohin. Ich will sie suchen, aber wo. Will sie gefunden werden? Aber sie kommt auch von allein, sie braucht ja ihre Sachen.

„Was findest Du na Ihr? Sie nutzt dich doch nur aus „Dies und ähnliches muss ich mir die ganze Zeit sagen lassen. Aber ich mag sie, Warum? Das weiß ich nicht, kann es nicht sagen, es ist einfach so. Warum, ist schwarz meine Lieblingsfarbe? Keine Ahnung, es ist einfach so.

Will sie vergessen, aber geht das denn? Ich kenne viele Mädchen, aber keine Liebe ich so wie Sabrina, auch wenn sie mich ärgert und verletzt.

Liebt Sie mich? .... ich zweifle, warum zweifle ich? .... weil sie mir weh tut?

Ist sie reif für eine Beziehung? Sie sagte immer „Ja". Wo ist sie nur, geht es Ihr gut?

Was denkt sie? Denkt sie so oft an mich, wie ich an Sie? Sie sagte, sie liebt mich, war es gelogen? Warum ist sie gegangen? Warum?

Ich sitze hier und heule, wie ein kleines Kind, kann kaum schreiben. Ich schäme mich. Ich Weichei. Habe kein Rückgrat. Fühle mich allein, einsam, ganz allein.

Vermisst sie mich auch so?

Ich glaube ich werde wahnsinnig, ich glaub ich schaffe es nicht.

Wie lange ist es, wie lange braucht man bis man so etwas überwunden hat?

Liebeskummer, nein es ist ein unvorstellbarer Schmerz.

Was kann ich tun um mich abzulenken? Ich sehe sie überall. Ich finde nichts. Möchte nicht mehr sein.

Egal was man macht, es ist falsch. keine Hilfe, kein Buch in dem man nachlesen könnte, wie man damit umgeht, keine Tipps, nichtssssss...........................

Man steht allein da. Ein bekanntes Gefühl. Nur viel intensiver. Eine Million Mal so stark. Ich glaube ich schaffe es nicht, ich zerbreche daran. Wie lange noch?

Man will mir helfen, beistehen, aber man hält mir Vorträge. „Warum hast du dies gemacht, warum jenes „Kann das hilfreich sein? Ich glaube nicht. Das komische daran ist, ich habe keine Kraft um es den Leuten zu sagen, dass es mir nicht helfen kann, ganz im Gegenteil. Fühle mich dann zurückgewiesen, ausgestoßen, geächtet. ALLEIN.

Will ich sie zurück? „Ja" auf jeden Fall.

Will ich, dass sie mir weh tut, wieder weh tut, in Zukunft? „Nein"

Wie schätzt man das jetzt ab? Was soll ich tun? Keiner kann helfen.

Wenn sie mir sagt und es ernst meint, nicht weil das die Meinung eines anderen ist, und sagt, dass sie mit mir nichts mehr zu tun haben will. Wäre das Okay. Dann viele es mir leichter. Aber sie soll zur Oma gesagt haben, dass Sie mich mag oder Liebt.

Was soll ich tun?

Ich werde jetzt die Oma noch anrufen, und dann warten wir mal ab was Sabrina sagt, wenn sie ihre Sachen abholt. Aber genau das, dieses Warten, macht mich Irre. Es tut weh, diese Ungewissheit.

12.12.2000 ,11:40

Ich habe nun Gewissheit, Sie liebt mich nicht und sie hat mich nie geliebt. Diese Erkenntnis ist sehr schmerzhaft, undurchdringbar, sie macht mich fertig.

Wenn ich mehr wie heulen könnte würde ich es tun, ich habe eben erfahren das Sabrina zu Ihrem Ex Marcel zurückgegangen ist. Mich hat sie arm gemacht nun zieht sie zu einem anderen weiter. Es tut weh.

Ich bin zerrissen.

Ich kann mich aber nun darauf vorbereiten, dass ich mir eine andere, bessere, ältere und erfahrenere suchen kann, möglichst in Ingolstadt. Es tut sooooooooo wehhhh.............

Ich habe es von der ersten Sekunde an gewusst, geahnt.

Ich verstehe nicht warum, sie hatte ärger mit ihm, hat ihn 2- bis 3-mal verlassen, und jetzt geht sie zu ihm zurück. Ich glaube dies ist ein Tot wert. Sie sollte neben dem Grabe stehen und rotz und Wasser heulen, bis sie begreift was sie getan hat, wie sehr sie mir weh tat.

Ich kann nicht mehr schreiben, es fällt mir schwer, ich höre auf ....

15.12.2000 ,09:50

Es fällt mir jetzt schon etwas leichter Sabrina nicht überall zu sehen oder an sie zu denken, aber ich denke, es dauert noch sehr lange bis sie ganz weg ist (Jahre).

Ich werde immer wieder an sie erinnert, Musik, Gesten, Orte. scheiße, dann kommt alles wieder hoch.

Ich hatte mich vor 3 Tagen hingesetzt und im Netz ein Girl gefunden.

Ihr Charakter ist dem meinen gleich, und das macht sie so interessant, so anziehend, aber durch Sabrina, weil ich mich noch nicht gelöst habe, kann ich nicht so offen für Gefühle sein, die sie mir entgegenbringt. Schön ist, sie teilt viele meiner Meinungen, sie ist Hübsch und genau das Gegenteil von Sabi.

Warum mag ich Sabrina so? Ich weiß es nicht.

Ich hatte mich mit Doreen, so heißt sie vor 2 Tagen getroffen, sie ist sehr offen und ehrlich, das gefällt mir, haben 2 Stunden über so ziemlich alles geredet. Sie ist sehr direkt, auch eine sehr gute Eigenschaft, selbständig und bedacht, was Geld angeht. Sie sagte „Ich kann nur das auch ausgeben was ich habe". Sie ist echt nicht dumm. Sie gefällt mir.

Ich rief sie gestern an .... wollte ihre Stimme hören, und fragte sie, ob sie Lust hätte etwas zu unternehmen um uns noch ein wenig besser kennenzulernen.

Sie sagte zu und sagte „Ich rufe Dich an". Nun bin ich ja mal gespannt, denn wenn sie ehrlich war, und ihr etwas an mir liegt, wird sie anrufen.

Themawechsel: meine Mam wollte mit mir reden heute Morgen, sie dankt, nach dem was passiert ist muss ich mit jemanden reden …. sie hat recht, aber ich kann nicht mit meinen Eltern reden. Warum? Sie brauchten 23 Jahre, mir zu zeigen das Ihnen doch was an mir liegt. Sie haben es aber noch nie gesagt. Deswegen. Ich habe mich an diese Zurückweisung gewöhnt, habe gelernt damit selbst fertig zu werden. Ich gebe zu, mit Sabrina und der Trennung, komme ich nicht klar, aber mit den Eltern reden geht nicht, also fresse ich es in mich rein und hoffe nicht daran zu zerbrechen. Ich will und werde mich meinen Eltern nicht öffnen.

15.12.2000 ,23:30

Hurra, ich habe gerade einen Wink mit dem Zaunpfahl bekommen und das schöne ist, ich hätte gern noch einen, denn er tat nicht weh, ganz im Gegenteil, er macht mich Glücklich.

Warum? Sabrina hat mit Anke getelet im AOL, und sagte sie will mich NIE wiedersehen und sie ist froh, wenn ich in Bayern bin. Es fällt mir dadurch noch leichter wegzusehen.

Noch etwas, sie war angeblich schon 2 Wochen wieder mit ihm zusammen ist aber trotzdem bei mir geblieben. Sie kann gut schauspielern und lügen. Das ist eigentlich alles was weh tut, weil sie log. Aber nun geht es mir besser, auch wenn ich noch nicht alles überwunden habe. Sie sagte ich lasse sie nicht in Ruhe, aber gibt mir Ihre Telefonnummer und Email Adresse. Was geht bei Ihr nur im Kopf herum? Die will das ich sie anrufe. Gott sei Dank habe ich es nicht gemacht.

Sie wird irgendwann sich wieder melden, da bin ich mir sicher, und dann fällt es mir noch leichter ihr alles zu sagen, weil der Schmerz nicht mehr da ist.

Wie werden Ihre Eltern reagieren? Weiß noch nicht, werde mich mit Ihnen noch mal unterhalten in den nächsten Tagen. Bin gespannt.

Verstehe ich nicht: Sie lügt und lügt und reißt alles damit ein und merkt es nicht.

Mir fällt gerade was ein, werde Anke mal aus der Reserve locken, ihr ein wenig Lügen erzählen und mal sehen wie Sabrina darauf reagiert. Warum? Anke speichert alles ab, was sie schreibt und schickt, dass was ich schreibe bestimmt an Sabrina. Und genau das nutze ich aus.

24.12.2000 ,22:00

Es ist viel passiert in den letzten Tagen, wo beginne ich nur?

Ich habe jemanden kennengelernt, es gibt nur ein Problem, Sie ist nicht mein. Sie gehört schon jemanden. Ich fand sehr viel Mitgefühl bei Ihr, und viel Gehör und Verständnis.

Und jetzt? Jetzt hat es mich erwischt, ich haben mich verliebt.

Ich war verwundert, irritiert, vollkommen aus den Häuschen. Sie ist nicht mein Typ, höre ich mich noch sagen. Sie ist es nicht aber ich liebe Sie, Warum??? Liebe braucht keinen Grund.

Es ist ihr Charakter, ihr ICH. Ihr alles. Ich mag Sie. Wir sind uns so ähnlich, das ist es was uns so verbindet, wir verstehen uns fast ohne etwas zu sagen (blind).

Aber damit nicht genug. Dies alles ist nicht das Problem .... Sie ist nicht mit mir zusammen, aber wir sind zusammen. Unverständlich??? OK, Sie ist die Freundin meines besten Freundes. Also was tun. Er verzeiht mir das nie. Aber Liebe kann man nicht steuern. Sie gestand mir ihre Liebe und dann, dann fiel es mir leichter ihr auch meine Gefühle mitzuteilen. Aber ich muss immer wieder an Meinen und Ihren Freund denken.

Er selbst verbaut sich aber auch seine Chancen bei Ihr, weil sie Ihn eigentlich auch nicht gehen lassen will, aber er überhäuft Sie mit Geschenken und Dingen die Ihr auch gefallen, und ich denke er meint es auch nur gut, aber Sie selbst mag dies nicht möchte selbst dafür aufkommen, selbst alles was sie haben möchte auch bezahlen, aber er, er sieht es und versteht das nicht und schenkt und bezahlt ihr alles weiter. Sie mag es nicht, weil sie es nicht anders kennt, selbst dafür zu sorgen und das ist sein Fehler. Sie sagt es ihm, nicht einmal, nicht zweimal, sondern so oft, dass sie es schon gar nicht mehr sagen will. Er hört ihr nicht zu. Er versucht sich zu ändern, darauf einzugehen und sagt es geht nicht gleich, aber hört einfach nicht richtig hin. Er kennt es nicht, auch in schlechteren Verhältnissen zu seinen Eltern und seinem Leben zu leben. Er kennt die schlechte Seite der Medaille nicht.

Das ist eines seiner Probleme.

Ich möchte mal behaupten das ich schon sehr oft auf der anderen Seite gestanden habe. Und ich mag diese Seite nicht. Aber dadurch verstehe ich viele Dinge die passiert sind oder passieren. Und kann dadurch mehr Verständnis zeigen und Hilfe geben.

Das wird auch ein Grund sein das wir uns besser verstehen.

Sie ist ein Mensch, oder eine Art Mensch, die mir noch nie über den Weg gelaufen ist, ein Mensch den man nur aus Erzählungen und Sagen kennt. Eben keine reale Person, ein Mensch den man sich wünscht, der zuhört und Geborgenheit geben kann.

Aber Sie ist REAL, realer als mir manchmal lieb ist, das ist nicht negativ, aber beängstiget. Man kann mit ihr über alles reden, und ich meine ALLES. Egal was. Das kann einem manchmal Angst machen, Sie ist verständnisvoll, auch wenn sie nicht alles versteht. Sie zeigt einem das Sie, das was sie sagt ernst meint. Wie weit kann ich ihr vertrauen?? Ich weiß es nicht, aber im Moment Grenzenlos, und wenn ich sie richtig einschätze, durch ihre Offenheit, dann meine ich es wieder .... Grenzenlos.

Ich bin es nicht gewohnt, mit jemanden so offen zu reden, über alles. Aber mit Ihr, sie nimmt einen die Angst auf eine merkwürdige Art und Weise, und man erzählt ihr einfach was einen bedrückt. Erschreckend. Und ihr Freund sagt, Sie erzähle nichts, also macht er etwas falsch, er bedrängt sie zu viel und zu oft. Wir können immer und egal wie oft über alles reden, nur bei den Beiden geht es nicht.

Sie sagte sie möchte alles über mein Leben und aus meinem Leben wissen, und ich denke ich kann mir ihr über alles reden. Es ist beängstigend. Und schön. Ich mag sie und ich vermisse sie.

Wie soll es weitergehen? Ich weiß es nicht, ich treffe sie morgen und ich denke, wir werden darüber reden.

17.01.2001 ,06:53

Hat es begonnen?

Ist das der Anfang vom Ende?

Ich hoffe nicht. Meine Gefühle für Sie werden von Tag zu Tag mehr, und ich hoffe es bleibt für immer so. Aber meine Erfahrung und die Geschichte haben uns gelehrt „Nichts ist für die Ewigkeit „.

Ich habe Angst, könnte heulen. Angst Ihr weh zu tun, Angst Sie zu verlieren. ANGST.

Weitere Seiten werde folgen.

Wann? Keine Ahnung, schreibe immer wie ich Lust und Zeit habe und wenn mir das Herz drückt.

So viele Jahre

Ich sitze hier auf meinem Bett, wo du mich zurückgelassen hast,
deine Stimme ist verstummt,
ich fühle mich so nutzlos, so leer...

Niemals werde ich es zulassen,
was machst du nur mit mir,
fühle dein Bild unter meinem Kissen,
zähle die Tränen die ich gleich weinen werde,
ich will diese Gefühle nicht...

Und ich kann hier nicht bleiben,
wo der Wind mir deinen Namen zuflüstert,
wo dein Lachen meine Sinne betäubt,
wo ich von deiner Stimme abhängig bin,
wo sich meine Augen in deine Verlieben könnten...

Niemals will ich es erleben,
was hast du getan,
spüre deinen Blick auf mir ruhen,
kann ihn nicht erwidern,
denn ich will diese Gefühle nicht.

Und ich kann hier nicht bleiben,
wo ich fasziniert bin von deiner Persönlichkeit,
wo ich ohne dich nichts fühlen kann,
wo deine Worte meine Gedanken sprechen,
wo meine Gefühle nicht erwidert werden.

Keine Sekunde länger werde ich bleiben,
bitte sag jetzt nichts, nicht jetzt,
ich gehe, ich verlasse all das hier,
mach mich auf den Weg um mich zu finden,
und hoffe das ich mir begegne...

Gedanken an Dich

In Deinen Armen liegen und wissen, nicht bleiben zu können.

In Deinen Augen zu versinken und wissen, wieder auftauchen zu müssen.

In Deiner Nähe ertrinken und wissen, doch nicht daran zu sterben.

Sich Dir öffnen können und wissen, nicht ausgeraubt zu werden.

Das mag wohl Liebe sein.

Botschaft

Gib mir Deine Hand und schließe Deine Augen.

Hörst Du mein Herz schlagen?

Verstehst du, was es sagt?

Es spricht von meiner Liebe zu Dir.

Weißt du, was Liebe ist?

Ein Wort, ein Gedanke, ein endloser Kuß.

Aber Liebe ist mehr!

Nimm mein Herz ernst, denn es spricht nur einmal zu Dir.

Und wenn Du genau hinhörst, weißt Du, was Liebe ist.

Das Herz

Es liegt tief und wachend in dir verborgen,

kennt all deinen Kummer und deine Sorgen,

weiß, wonach du dich sehnst und was du vermisst,

bestimmt deine Gefühle und wer dir wichtig ist.

Es ist deine Seele und widerspiegelt dein wahres ich, ja,

dein Herz weiß am Besten, was gut ist für dich,

es kennt deine geheimsten Wünsche und hat meistens recht,

deshalb folge seinem Rat und es geht dir sicher nie schlecht.

Es führt dich durch das Leben wie ein magisches Licht,

kennt die Wahrheit und weiß, wen du liebst und wen eben nicht,

versuche nicht, es zu hintergehen oder es absichtlich zu belügen,

denn du würdest dich am Ende nur selber betrügen.

Versuche nicht alles nur mit dem Auge und dem Verstand zu sehen,

sondern viel öfters auch einfach nur nach deinem Herzen zu gehen...

Wenn Dein Verstand nicht mehr weiter weiss

Dann frage Dein Herz denn es weiss gewiss...

...welcher Weg der richtige ist.

Schlachtfeld der Gefühle

Es kommt mir heute so langsam und leise vor.

Wie immer, wenn ich an dich denke.

Sonst hat mich der Sekundenzeiger immer aus meinen Tagträumen gerissen, weil der Klang so schrill war.

Jetzt verleitet er mich zum Träumen und entlockt mir einen tiefen Seufzer voller Sehnsucht. Wie immer, wenn ich an dich denke. Alles um mich herum ist so langsam und weich geworden, als säße ich inmitten einer dicken Wolke.

Nur in mir drin stehen alle Zeichen auf Sturm.

Alles dreht sich in mir, mein Herz schlägt schneller und mein Magen macht Purzelbäume. Meine Gedanken befinden sich im Sturzflug, alle Logik ist dahin.

Wie immer, wenn ich an dich denke.

Tief in mir drin, in einer bereits vergessenen Nische sitzen drei Verbündete und kämpfen für mich, gegen mich.

Das erste Gefühl ist die Liebe.

Wie immer, wenn ich an dich denke.

Das zweite ist die Sehnsucht, die Sehnsucht nach dir!

Wie immer, wenn ich an dich denke.

Und das dritte ist die unendliche Angst.

Wie passen diese drei zusammen frage ich mich?

Ganz einfach!

Die Liebe die ich empfinde, wie immer, wenn ich an dich denke.

Die Sehnsucht die in mir brennt, wenn wir voneinander getrennt sind.

Wie immer, wenn ich an dich denke.

Und zum Schluss die Angst die ich verspüre, die unbändige Angst dich zu verlieren.

Wie immer, wenn ich an dich denke.

Alle drei machen aus mir ein Schlachtfeld!

Aber das glücklichste, friedlichste und beliebteste Schlachtfeld der Welt.

Ein Schlachtfeld der Gefühle!

Wie immer, wenn ich an dich denke.

Auf meiner Wolke gibt es eine Lichtquelle, nämlich Dich.

Auf meinem Schlachtfeld gibt es eine Blume, nämlich Dich.

In meiner Welt gibt es einen Menschen, nämlich dich!

Flügel für meine Träume

Ich verstand nicht, was deine Worte damals zu bedeuten hatten.

Ich glaube nicht, das du die Wahrheit sagtest und lag endlose Nächte lang wach,

bis ich verstand, was du meintest.

Ich begriff endlich, was es bedeute, und dann hörte ich deine Worte:

-->Träume nicht dein Leben, lebe deinen Traum!

Freundin?

Nein, du bist viel mehr!

Vermisse dich so sehr! Mein Leben? Ohne dich so leer! Du bist so weit weg,

zum Glück gibt´s Internet, wo ich öfter check, ob du da bist, wenn´s so einsam ist, mich mein Gewissen frisst, und da mal nachsehe, und zu dir geh, es tut nicht weh, dir mal Hallo zu sagen, wie es dir geht zu fragen, ich würde es niemals wagen, dich so zurück zu lassen, dich mal nicht abzupassen, und dich zu verlassen!

Du verstehst, was ich sage, dass ich dich liebhabe, dich auf Händen trage...

...weil ich sagen kann "du bist mein Ein und Alles!

Ist es Liebe?

Was führt mich zu Dir?

Freundschaft, Geborgenheit oder Liebe?

Mein Herz klopft leise die Wand meiner Narben ab - macht es frei von der Vergangenheit. Die Finger meiner Hand beginnen langsam, den Weg der Liebe zu ertasten.

Auf der Suche nach einem gemeinsamen Weg.

Ist es nun Liebe - oder was?

Liebe...

...ein Wort für einen den man besonders mag?

...ein Märchen, was niemals ein Ende hat?

...ein Zeichen für vertrauen?

...ein Wille, gemeinsam sein Leben aufzubauen?

...nur ein Traum?

...ein Gefühl von Dir und mir?

...eine Übersetzung für "wir"?

Liebe kann man nicht definieren, Liebe muss einfach passieren!

Man nennt es Liebe.

Doch in Wirklichkeit bedeutet es Freundschaft.

Man nennt es Freundschaft, doch eigentlich ist es Liebe.

Man kann es nicht unterscheiden, Liebe bedeutet Geborgenheit, Nähe.

Doch was Bedeutet Freundschaft?

Liebe ich meinen Schatz, oder ist er nur ein guter Freund?

Mag ich meinen besten Freund, oder ist es mehr als Freundschaft?

Liebe ist ein schweres Spiel, doch die Regeln zu diesem Spiel weiß niemand.

Nie wieder Nie wieder in deinem Arm liegen,

Nie wieder von dir geküsst werden,

Nie wieder deine Hand halten,

Nie wieder mit dir eine Nacht verbringen,

Nie wieder dieses einmalige Gefühl haben,

Aber auch Nie wieder deine Sticheleien hören,

Nie wieder unfair behandelt werden,

Nie wieder mich wegen dir schlecht fühlen,

Nie wieder Angst haben dich zu verlieren,

Nie wieder dieses scheiß Gefühl haben Und eins weiß ich auch:

Nie wieder dir eine Chance geben mir weh zu tun!!

NUR DU!

Nur DU hast dieses Lachen, das die Welt erstrahlen lässt.

Nur DU hast diese Stimme, die mich erzittern lässt.

Nur DU hast diese Augen, die glänzen wie pures Gold.

Nur DU hast diese Hände, unter deren Berührung ich erstarre.

Nur DU hast dieses gewisse " Etwas ,,, das dich zu einem ganz besonderen Menschen macht

Schau mir ins Gesicht, und du wirst sehen,

wie glücklich ich bin - OHNE DICH!

Schau mir ins Gesicht, und du wirst sehen,

wie Gleichgültig ich denke - ÜBER DICH!

Aber schau mir nicht in die Augen,

denn dann wirst du sehen, das ich weine.

Du wirst die Träne sehen, die dir sagt, das alles nur Lüge ist,

denn ich Liebe - NUR DICH!

Schlachtfeld der Gefühle

Es kommt mir heute so langsam und leise vor.

Wie immer, wenn ich an dich denke.

Sonst hat mich der Sekundenzeiger immer aus meinen Tagträumen gerissen, weil der Klang so schrill war.

Jetzt verleitet er mich zum Träumen und entlockt mir einen tiefen Seufzer voller Sehnsucht.

Wie immer, wenn ich an dich denke.

Alles um mich herum ist so langsam und weich geworden, als säße ich inmitten einer dicken Wolke. Nur in mir drin stehen alle Zeichen auf Sturm. Alles dreht sich in mir, mein Herz schlägt schneller und mein Magen macht Purzelbäume. Meine Gedanken befinden sich im Sturzflug, alle Logik ist dahin.

Wie immer, wenn ich an dich denke.

Tief in mir drin, in einer bereits vergessenen Nische sitzen drei Verbündete und kämpfen für mich, gegen mich.

Das erste Gefühl ist die Liebe.

Wie immer, wenn ich an dich denke.

Das zweite ist die Sehnsucht, die Sehnsucht nach dir!

Wie immer, wenn ich an dich denke.

Und das dritte ist die unendliche Angst.

Wie passen diese drei zusammen frage ich mich? Ganz einfach!

Die Liebe die ich empfinde, wie immer, wenn ich an dich denke.

Die Sehnsucht die in mir brennt, wenn wir voneinander getrennt sind.

Wie immer, wenn ich an dich denke.

Und zum Schluss die Angst die ich verspüre, die unbändige Angst dich zu verlieren.

Wie immer, wenn ich an dich denke.

Alle drei machen aus mir ein Schlachtfeld!

Aber das glücklichste, friedlichste und beliebteste Schlachtfeld der Welt.

Ein Schlachtfeld der Gefühle!

Wie immer, wenn ich an dich denke.

Auf meiner Wolke gibt es eine Lichtquelle, nämlich Dich.

Auf meinem Schlachtfeld gibt es eine Blume, nämlich Dich.

In meiner Welt gibt es einen Menschen, nämlich DICH!

WAS LIEBE IST

Liebe ist nicht,

den anderen zu bedrängen, zu ändern, zu besitzen.

Liebe ist nicht, den anderen einzusperren, Gefühle zu heucheln und zu belügen.

Liebe ist nicht die Angst vor dem Alleinsein, sondern das Streben nach Gemeinsamkeit.

Liebe ist den anderen zu akzeptieren, zu bewundern und auch versuchen zu verstehen.

Liebe ist gemeinsame Ziele und Wünsche zu haben und die Vorstellung diese vereint zu realisieren.

Liebe ist auch immer das Risiko verletzt zu werden, aber auch das Gefühl, davor keine Angst haben zu müssen.

Liebe kann nur in Ihrer vollen Pracht genossen werden, wenn man bereit ist, bedingungslos zu lieben.

Liebe ist Offenheit und die Fähigkeit mit dem anderen zu reden; auch und gerade wenn es schwer ist.

Liebe ist den anderen zu spüren und zu genießen, neben ihm einzuschlafen und aufzuwachen.

Liebe ist die Geborgenheit, wenn man sich im Arm hält,

beide intensiv fühlen und keiner etwas sagt. Liebe ist das Gefühl,

welches das Leben wunderbar macht. Wenn man wahrhaft liebt darf man verlangen,

was man selbst bereit ist zu geben: ALLES

Das Leben wäre vielleicht einfacher wenn ich dich gar nicht getroffen hätte.

Weniger Trauer jedes Mal, wenn wir uns trennen müssen. Weniger Angst vor der nächsten und übernächsten Trennung. Und auch nicht so viel von dieser machtlosen Sehnsucht, wenn du nicht da bist die nur das Unmögliche will und das sofort im nächsten Augenblick und die dann, weil es nicht sein kann betroffen ist und schwer atmet.

Das Leben wäre vielleicht einfacher wenn ich dich nicht getroffen hätte.

Es wäre nur nicht mein Leben

DEINE NÄHE

Gehst du an meiner Seite, so ist es näher.

Berührst du meine Hand, so ist es tiefer.

Sprichst du mit mir, so ist es klarer.

Küsst du meine Lippen, so ist es süßer.

Bist du fort von mir, so ist es kälter...

...kälter als es jemals war!

Es kommt anders!!!

Ich wollte was klarstellen, und erreichte Verwirrung.

Ich wollte Dich ausnutzen, doch Deine Besorgnis änderte vieles.

Du wolltest mir vertrauen, doch ich glaubte Dir nicht.

Ich wollte Dir glauben, doch ich konnte es nicht.

Ich wollte mich rächen, und habe Dir verziehen.

Ich wollte Dich hassen, und lernte Dich lieben.

GEFÜHLE

Wenn ich dich sehe, lacht meine Seele, wenn du lachst, lächelt mein Herz, wenn du sprichst, läuft es mir eiskalt den Rücken hinunter, wenn du mich knuddelst, spielen meine Gefühle verrückt, wenn wir zwei zusammen sind, bin ich der glücklichste Mensch auf Erden, wenn deine diamantartig funkelnden Augen mich ansehen, wird es in mir warm, wenn du bei mir bist, ist mein Leben unbezahlbar. Mit dir habe ich gelernt was sich verlieben wirklich heißt und wie schön es sein kann. Aber wenn du weg bist, dann bin ich tot unglücklich und meine Seele weint und vermisst dich. Jede Sekunde getrennt von dir macht mich traurig und unglücklich. Deshalb bitte ich dich um einen großen Gefallen, streich mich bitte niemals in deinem Leben aus deinem Gedächtnis denn die Zeit mit dir kann man nicht beschreiben, diese muss man erleben, sie ist ein einmalig, gigantisch schön. Jeder noch so kleine Moment mit dir lässt mein noch so graues Leben in den schönsten Farben aufblühen, kurz gesagt:

ICH MAG DICH WAHNSINNIG UND WILL

DICH NIE WIEDER HERGEBEN

(I) mmer wenn mich die Träume begleiten.

(C) haos der Gefühle sich in mir ausbreiten.

(H) ilflos wie ein Kind ich ihnen gegenüber stehe.

(L) eer in meinem Herzen ich sehe.

(I) n einem Land voll Hass und Tränen.

(E) inige Menschen das Herz mir nehmen.

(B) is dann endlich du kamst

(E) infach mich in deine arme nahmst.

(D) u hast die Flamme der Liebe in mir entfacht.

(I) ch denke an dich bei Tag und bei Nacht.

(C) harmant und zärtlich wie ein kleiner Dieb.

(H) iermit will ich sagen? Ich liebe Dich?

Jeder Tag ohne Dich, ist nicht lebenswert für mich.

Deine Stimme ist Musik in meinen Ohren, ohne Dich wäre ich verloren.

Mein Herz schlägt nur für Dich, es gibt keine Rettung für mich.

Für niemanden würde ich Dich verlassen, egal wie viele mich auch hassen.

Das Einzige was zählt bist nur Du allein, niemals will ich ohne Dich sein.

Ich würde alles tun für Dich, Du bist das Wichtigste für mich!

LIEBE!!!!!!!

Wenn ich nicht weiß, was Liebe ist, wie kann ich dann sagen, dass ich liebe? Aber wenn ich nicht weiß, was Liebe ist, wie kann ich dann sagen, dass ich nicht liebe? Wenn ich nicht weiß, was Liebe ist, woher soll ich dann wissen, wie sich Liebe anfühlt? Und warum weiß der, der die Liebe erfand, woher die Liebe kam? Warum weiß der, der die Liebe erfand, wie sich die Liebe anfühlt?

Warum weiß ich, dass ich dich Liebe, wenn ich doch eigentlich nicht weiß, was Liebe ist...?

Liebe ist Hoffnung,

Liebe ist Glück,

Liebe holt manche ins Leben zurück.

Liebe ist Freiheit,

Liebe ist verstehen - auch Du wirst sehen,

Liebe ist schön.

Liebe

Was bedeutet eigentlich Liebe?

24 Stunden an ihn denken müssen, nie ohne ihn sein zu wollen, wenn Ersatz nicht mal denkbar ist und man vor Sehnsucht nicht mehr weiterweiß?!

Liebe ist.......unbeschreiblich!!!

Und wer das Glück hat, einen Menschen so sehr zu lieben wie ich dich, sollte an ihm festhalten und niemals aufgeben!!!

Lieben sollst du nur denn, der mit dir denn Himmel berührt, deine Liebe und Kummer Spürt. Nur denn der in Hand und Hand mit dir geht, damit du weißt das jemand zu dir Steht.

Liebesgedicht

Ich genieße die Sonne, doch irgendwann wird sie mir zu heiß.

Ich esse Rinderfilet, vorzüglich, und schaffe den Nachtisch nicht mehr.

Ich trinke Champagner-prickelnd- und lasse das Glas halb voll, habe genug.

Ich lese ein Buch und schlage das Werk irgendwann zu. Es reicht.

Ich führe Gespräche und werde müde, beende sie.

Wir küssen uns und satt werde ich nie.

Man kann es weder hören, noch sehen.

Es tut oft weh und es ist doch schön.

Es ist kein Gold, doch es macht reicht.

Ein Herz aus Eisen, macht es weich.

Es ist etwas, das der Teufel nicht kennt.

Etwas, das man Liebe nennt.

Menschenpuzzle

Ich spiele mit einem Puzzle.

Die Teile sind Menschen.

An manchen Teilen verblasst die Farbe, manche Teile verliere ich. Einige lösen sich ab, um an einer anderen Stelle eingefügt werden zu können.

Das Puzzle verändert ständig sein Gesicht. Es ist die Geschichte meines Lebens. Doch ein Teil fehlt mir. Ein Teil, das nicht ersetzt werden kann.

Ohne diesen Teil, ist das Puzzle wertlos.

Dieser Teil bist du!!!

Sich in dich zu verlieben, geht schneller als du denkst!

Es dir zu sagen, im Hand umdrehen.

Doch diese Gefühle loszuwerden, das ist eine Lebensaufgabe

ohne den kleinsten Hauch eines Erfolges!

Niemand ist so reich,

dass er darauf verzichten kann,

und keiner so arm,

dass er es sich nicht leisten kann!

Es kostet nichts und bringt doch viel ein.

Man kann es weder kaufen noch erbitten,

noch leihen oder stehlen.

Es erhält erst seinen Wert,

wenn man es verschenkt

EIN LÄCHELN! :)

Unsterblich verliebt

All meine Gedanken drehen sich um dich.

Wie ich bisher gelebt habe,

ist nicht mehr wichtig für mich.

Ich habe schon Sehnsucht,

wen ich erwache und sie wird immer stärker,

bis tief in die Nacht.

Nie hätte ich geglaubt,

dass es so etwas gibt.

Aber ich habe mich unsterblich in dich verliebt!

Was ist Liebe?

Verrate es mir!

Ist Liebe, das wunderbare Gefühl in mir oder was ich mir einbilde?

Ist Liebe Sehnsucht nach deiner Nähe oder bilde ich es mir nur ein?

Ist Liebe Schmerz?

Verrate mir was Liebe ist und ich sage Dir ob ich Dich liebe.

WER LIEBE NICHT LEBT IST WAHNSINNIG.

DENN SIE IST EIN GEFÜHL DAS MAN LEBEN MUSS.

LIEBE BESCHREIBT DIE EMPFINDUNG

GLÜCKLICH ZU SEIN.

LIEBE FÜHLEN HEISST,

VON EINEM MENSCHEN NICHT

GENUG ZU BEKOMMEN.

Wieder sind viele Stunden ohne Sinn vergangen.

Doch ein wenig Klarheit über Dich und mich.

Nun wollte ich das eigentlich nicht. Tränen voller Freude, und auch Tränen voller Angst.

Mit meinen salzigen Seen habe ich mich an Dich gewannt! Zuerst habe ich mich verliebt in den Glanz deine Augen, in dein Lachen, in deine Lebensfreude.

Jetzt liebe ich auch Dein Weinen, und deine Lebensangst, und die Hilflosigkeit in deinen Augen. Aber gegen die Angst will ich dir helfen, denn meine Lebensfreude ist noch immer der Glanz deiner Augen.

Eines Tages wirst Du mich fragen, was ich mehr liebe... Dich oder mein Leben und ich sage... mein Leben... Und eines Tages wirst Du mich verlassen, ohne zu wissen, dass Du mein Leben warst...

Wovor hast du Angst?

Wovor hast du Angst? Das dir jemand zu nahekommt und etwas über dich und deine Gefühle erfährt, ehe du auf Distanz gehen kannst?

Wovor hast du Angst? Das jemand zu viel Platz in deinem Leben einnimmt und dich für wenige Stunden in der Woche beansprucht, die du sonst mit deinen Freunden verbracht hättest?

Wovor hast du Angst? Dass jemand versucht für dich da zu sein und dir mit Liebe, Rat und Tat zur Seite stehen will?

Wovor hast du Angst? Dass dieser jemand ich sein könnte?

Ich sitz hier unter Freunden, und fühl mich doch allein,

ich wünsche mir von Herzen, könnt ich doch bei Dir sein.

Ich sitze hier schon Stunden, und denke nur an Dich,

ich seh Dich vor mir stehen, dich spüren kann ich nicht.

Danke

Danke für die schönen Stunden.

Danke, dass du mich getröstet hast, wenn ich mal wieder traurig war.

Danke, dass du immer für mich da warst.

Danke dafür, dass du mir das Gefühl gabst, etwas Besonderes zu sein.

Danke, dass du mich geliebt hast.

Und wenn du jetzt auch zu ihr gehörst,

ihr all das schenkst, was du mir geschenkt hast –

vergessen werde ich dich nie!

ich liebe dich...für immer!

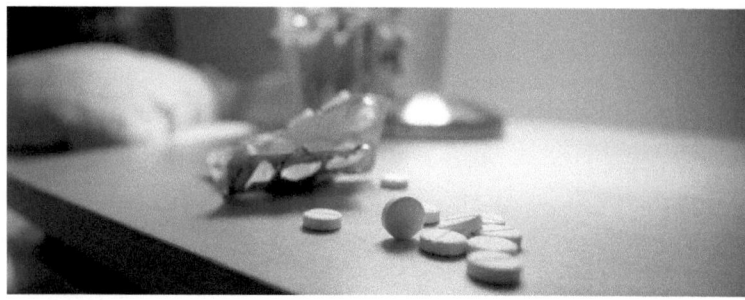

Schlafmittel...

Ich kann dem Arzt nicht mal böse sein, er sagte: „Wenn Sie das eingenommen haben, schaltet es binnen von 15 Minuten ihren Körper ab."

„Unternehmen sie nix größeres mehr und tragen Sie nicht schwer"

Er hatte Recht, nur bedachte er und ich die Nebenwirkungen nicht. Ich lag nun im Bett, in freudiger Erwartung des geplanten Blackouts. Der Timer lief und ich schloss die Augen. Was ich dann erleben durfte war die Qual schlechthin. Ich sage Euch das war das letzte Mal, so quält man keine Mitmenschen.

Ich lag nun da und glaubte zu spüren wie die Müdigkeit mich übermannte, mein Körper fühlte sich schlaff an, ja er fühle sich sogar leicht an, als wolle er schweben. Ein schneller blick auf die Uhr um später abschätzen zu können wie langer der Schlaf andauerte und ich war voll weg.

Ich schlief tief und fest und langsam kam ich in die Tiefschlafphase...

... jetzt begann der Horror, Nein nicht wegen schlechter Träume, kein Monster verfolge mich und auch kein Abgrund mit endloser Tiefe wartete auch mich.

Das Grauen war viel realer, viel näher.

Da war es, mein Gehirn und ich sah wie es arbeitete, Synapsen aufblitzten und die geleeartige Masse im Puls des Blutes mitzuschwingen schien.

Aber das Geräusch was ich vernahm war nicht der Puls, nicht das Rauschen des Blutes, NEIN…

Es war ein kaum verständliches flüstern. Ich ging näher um besser hören zu können, ich wollte verstehen was es sagte oder dachte.

Ich kam näher und ich hörte, es wurde sogar so laut das es unangenehm war, es tat schon fast weh. Aber nicht nur die Lautstärke war es, etwas Befremdliches hatte es an sich. Dann wusste ich was es war, was mir einen Schauer über den Rücken trieb. ICH konnte mich denken hören. Das war nicht einfach ein Gehirn dem ich zuhören musste, es war mein Gehirn.

Die Gedanken schlugen auf mich ein anfangs wie der Bass eines Diskolautsprechers. Immer wieder Schlag auf Schlag. Es war so heftig. Ich wollte weg, nichts wie weg von ihm, aber etwas hielt mich in Position.

Die Ohrfeigen aus Gedanken, Gefühlen und Lösungen nahmen kein Ende. Nun versuchte ich vor dem zu fliehen was mich die letzten Tage beschäftigte und nachts nicht schlafen lies. Mich peitsche so dass ich keine Stunde durchschlafen konnte.

Und da war er der Horror, was mich die Nächte quälte und mich aus dem Schlaf riss, konnte mich jetzt nicht aus dem Schlaf reißen. Denn wie der Arzt sagte: „Wenn Sie das eingenommen haben, schaltet es binnen von 15 Minuten ihren Körper ab."

JAAAA den Körper, aber nicht den Geist. Ich war gefangen, gefangen mit Gefühlen von Liebe, Nähe, Einsamkeit, Wut und Abstand mit Gedanken von „was soll ich machen", „was kann man machen" Gut und Böse, für und wider alles schlug erbarmungslos auf mich ein.

Anfangs schrie ich, ich schrie vor Schmerzen, nicht nur vor den Geistigen, (wer will schon, dass man ihm den Spiegel vorhält), nein die Schläge der Gefühle und Gedanke wurden immer realer für mich.

Ich fühlte wie ich blutete ich spürte wie mir das Blut den Körper entlanglief. Dabei merkte ich wie ich frei im Raum schwebte und immer kurz aus einen Augenwinkel sah, wie Schlag auf Schlag auf mich zu rasen und mich äußerst brutal trafen.

Nach kurzer Zeit konnte ich nicht mehr schreien, ich hatte weder die Kraft dazu noch konnte ich etwas dagegen machen. Bei einem Normalen schlaf wäre ich wohl schon längst aufgewacht und hätte mich auf die andere Seite gedreht, das Kopfkissen neu geformt und wieder eingeschlafen, fern ab des brutalen Treibens. Aber es ging nicht, ich konnte mich nicht bewegen.

Wie ein Puppe hing ich an einem faden und wollte schreien vor Schmerz, aber die Kraft fiel mir. Ich sagte zu mir „wach auf, wach auf" ich versuchte es zu schreien aber es fiel mir gänzlich die Kraft dazu. So fügte ich mich meinem Schicksal und schloss die Augen (viel konnte ich eh nicht mehr erkennen) und als ich nicht mal mehr die Kraft hatte meinen Körper anzuspannen um ihn vor Schmerzen zu krümmen, merkte ich wie ich als Blutüberströmte Puppe am Faden hing und ich hin und her geschleudert wurde durch den Aufprall der Gefühle und Gedanke.

Nach sich endlos anfühlenden Stunden dieser Qual der Schläge und des lauten Anschreiens meines Gehirns, vernahm ich eine angenehme Kühle, die sich nun langsam auf meinen blutigen gepeinigten Körper zu verteilen schien.

Was war das? Woher kommt es? Ich konnte die Augen nicht öffnen, ich wusste nicht, ob es durch die Schwellungen war, die ich erlitt oder fehlende Kraft.

Vielleicht war es auch einfach nur dunkel geworden und ich konnte deshalb nichts erkennen.

War ich noch am Leben und war das die kühle die man spürt, wenn man stirbt? Ich wusste es nicht.

Dabei fiel mir auf, das ich auch nichts mehr hörte, das musste der Tot sein, kein Geräusch, kein schlagen, kein Gehirn was mich anschrie und mich mit Fragen bombardierte. Da war noch etwas, der kühle Wind schien sich zu bewegen. Anfangs stieg er von unten auf, nun kam er mehr von vorn. Was verdammt nochmal war das?

Was war noch mit mir hier in dieser Dunkelheit, ohne ein Geräusch von sich zu geben?

Jetzt vernahm ich die kühle nur noch auf meiner Vorderseite. Es war genau vor mir, „was bist du?" dachte ich.

Plötzlich.... Plötzlich gab es ein Dumpfes Geräusch so als ob man einen großen Stein auf eine nasse Wiese warf.

Ich konnte doch noch etwas hören. Dann nichts mehr, der kühle Wind war fort und ich vernahm auch keine weiteren Geräusche.

Ich versuchte mich zu bewegen. Nichts.

Nach einer Weile und weiteren Anstrengungen merkte ich wie ich meinen rechten Arm bewegen konnte. Doch warum nur den einen? Etwas war anders wie noch vor einigen Stunden, ich schien nicht mehr zu hängen. Nein, der Arm war in Kopfhöhe. Verdammt was ist mit mir geschehen, was für ein Krüppel ist aus mir geworden?

Nach Öfteren versuchen konnte ich jetzt auch ein Teil meiner Hand spüren, da war was Weiches und es war leicht nass, „Verdammt" sagte ich mir und erinnerte mich an das viele Blut. Der Gedanke daran lies mich schaudern und ein unwohles Gefühl kam in mir auf und trieb mir einen Schauer über den Rücken.

Rücken?

Ich spürte ihn, es war wohl doch nicht so schlimm wie ich zu anfangs dachte. Ich bewegte den Arm und auch den anderen, ja ich war frei und nun wusste ich auch, ich lag auf dem Bauch und mit dem Gesicht in etwas nassem.

Das war der Schlag, ich fiel und schlug hart auf, konnte es nur nicht spüren. Das nasse, nun ja machen wir uns nichts vor, das wird das Blut sein.

Nach einer Weile der verbesserten Bewegungen konnte ich die Augen öffnen, anfangs nur wenig, es war hell da draußen.

Wo war ich? Langsam kamen Konturen dazu und ich erkannte ziemlich schnell wo ich war.

In... meinem... Bett.

Was war geschehen? Dicke Augen, weil ich im Schlaf geheult haben muss, dadurch war das Kopfkissen nass und kalt, der Arm war eingeschlafen, weil ich drauf gelegen habe. Die Kälte kam von der fehlenden Decke, sie musste mir heruntergefallen sein.

Ja ich schlief, meine Gedanken stürmten im Schlaf auf mich ein und da ich mich nicht bewegen konnte, konnte ich mich selbst durch Bewegung aufwecken.

Aber mal im erst, dennoch das ich mich besser fühle wie vorher ist es solch ein Horrortrip nicht wert. Eingesperrt mit mir selbst, meinen Gedanken hilflos ausgeliefert. Nein nicht noch einmal.

Hat den die Pharmaindustrie ihr Zeug nicht getestet? Wo bleibt da die Menschenwürde?

Habe nicht mal 2 Stunden schlafen können obwohl mir die Zeit da drinnen viel länger vorkam. Für 2 Stunden lohnen sich der Trip nicht.

Warum werden andere Drogen verboten mit denen man sich sogar die Farben selber aussuchen kann?

Fazit: ich weiß nicht wie andere das Handhaben aber das war das erste und letzte Mal.

Ich brauche für den nächsten Schlaf was, das nicht nur den Körper stillgelegt, sondern besonders das Gehirn.

Verdammt, wo habe ich den Wodka wieder hingestellt…

Abenteuerland

ich sitze ganz alleine

am wasser

höre die wellen rauschen

sie singen deine lieder

ich stelle mich ans ufer

und schreie

ich vermisse dich

wahnsinnig

überirdisch

was ist passiert

eine woche nicht gesehen

schon vergessen

ich brauche dich

verstehst Du das nicht

sag was hat sich geändert

bin ich jetzt überflüssig

unnütz

habe ich meine schuldigkeit getan…

ich glaube du verstehst mich nicht

Du bist für mich eins der wichtigsten dinge

in diesem chaotischen leben

ich will mit dir fliehen

schnell ins abendteuerland

wo peter pan und kaptain hook

gegen 17 drachen kämpfen

was ist los

ich brauche dich zum leben

nicht zum überleben

ich weiß nicht warum

ich hab´ dich wahnsinnig lieb

abgrundtief

ich brauche dich

nimm Dir doch zeit für mich

schick mich nicht aus deinem leben

ich will nicht nur überleben…

vielleicht ist es auch meine schuld

ich habe wenig zeit

doch wo ein wille

da auch zeit

wir leben uns auseinander

das kann passieren

aber nur

wenn man es zuläßt

wenn Du mich brauchst

du weißt wo ich bin

ich werde Dir immer versuchen zu

helfen

wo ich nur kann

egal was es kostet

nerven

zeit

schlaf

denk´ mal an die alten zeiten...

es war doch nicht alles schlecht

die zeiten sind vorbei

wir haben uns verändert

du hast dich verändert

doch ich will zu dir

will bei Dir sein

Dein lachen sehen

auch tränen

auch ich habe geweint

weil ich dich vermisse

du denkst ich bin verrückt

ja

vielleicht

verrückt nach dir

du hast meinen leben mal

einen sinn gegeben

jetzt hab´ ich ihn verloren

hilfst du mir suchen

bitte

Abschied

wir müssen von jedem mal abschied nehmen...
wo abschied ist, kommt auch ein neues.
abschied ist schwer,
sehr schwer, zu schwer!
man hält Ihn selten aus...
egal, um welchen abschied es sich handelt!
abschied ist...

... abschied.

Abschied nehmen ...

Nun heisst es wieder,
Abschied nehmen...

Ich muss leider weggehen...

Ich werde mich aber trotzdem bemühen,
Euch wieder zu sehen...

Allein Mit Mir

Dunkelheit breitet sich aus über dem Land,
Einsamkeit, während die Kraft der Liebe versiegt.
...Stille...

Ein stummer Schrei, unerhört in Ewigkeit.
Tränen fallen auf leblosen Boden
während die Zeit unaufhaltsam verrinnt.
Kein Lichtschein, kein Ausweg aus dem Nichts.
Weshalb...?
Die Antworten sind irgendwo dort draußen in der Dunkelheit.
Verschluckt vom immerwährendem Nichts!
Überall Schatten die einen verfolgen.
Du möchtest schreien, aber... Stille.

Unerträgliche Stille, beengend und befreiend zugleich.
Du weißt das es etwas zu sagen gibt,
aber die Vergangenheit lehrte dich zu schweigen.
Du denkst die Antwort sei Dir bekannt.
Ist sie sicher?
Zu wenig Antworten auf zu viele Fragen.
Du wirst es für dich behalten,
obgleich es nie wieder ausgesprochen werden kann.
Jetzt wäre der richtige Zeitpunkt...

Die Vernunft aber sagt Du sollst es nicht preisgeben.
Es ist besser Du behältst es für dich.
Sie weiß, wenn Du es sagst wird es wieder so sein.
Ein schöner Augenblick, ein Lächeln, ein Augenzwinkern...
Es ist sicher das Du dich damit zufrieden geben müssen wirst!
Aber gibt es nicht überall wo es dunkel ist einen Lichtschein?
Gibt es nicht auch dort wo Du bist einen Lichtschein?

...Stille...
Dunkelheit breitet sich aus über dem Land,
Einsamkeit, während die Kraft der Liebe versiegt.

Alles nur wegen dir

Wenn du mich mit deinen schönen Augen ansiehst,

werde ich ganz rot.

Wenn du mich umarmst,

kriege ich Gänsehaut.

Wenn du mich anlächelst,

habe ich ein Kribbeln im Bauch.

Wenn du mich an die Hand nimmst,

pocht mein Herz ganz laut.

Wenn du mir zart über die Haare streichelst,

wird mir ganz heiß.

Und alles nur,

weil ich dich liebe!

Alles, was ich will

Jeder Blick,

ob streifend oder intensiv,

macht mich glücklich,

zeigt mir Sonnenaufgänge um Mitternacht

Jede Berührung,

ob flüchtig oder gewollt,

lässt mich träumen,

macht die Fantasie zur Realität

Jedes Wort,

ob wichtig oder belanglos,

geht ganz tief,

öffnet mir die Rätsel dieser Welt

Das ist im Grunde alles,

was ich will

Und trotzdem macht es mich auch etwas traurig,

zu wissen, dass ich auch nie mehr haben könnte

Als Du gingst

Als Du gingst –
Fielen die Vögel nicht vom Himmel
Als Du gingst –
Bog sich die Straße nicht unter Deinen Schritten
Aber
Die Welt stand still

Dort ging es, mein Leben
Du bist mein Leben
Du gingst

Es geschieht jeden Tag,
dass Du gehen musst
zur Arbeit, zu Freunden und auch zu
Leuten die ich nicht kenne oder verstehe
Eifersucht macht sich dann breit
Eifersucht, weil sie jetzt bei Dir sein können.

Wir umarmten uns
Und standen einfach nur so da
Und hielten uns einander fest,
wie zwei Ertrinkende,
die sich an einem Rettungsring festhalten.

Nun bist Du fort,
nicht für lange,
aber mein Herz meint, Du wärst weg für Jahre.

Ich stehe hinter dem Fenster und atme tief ein.
Wieder zucken die Bilder an meinem inneren Auge vorbei.

Meine Augen füllen sich mit Tränen.

Warum tut es nur so wahnsinnig weh???

Erinnerungen zucken in meinem Gehirn herum, Bilder
Die mich an so schöne Zeiten mit Dir denken lassen.

Mein Herz scheint zu zerspringen und plötzlich beginne ich zu
schreien.

Nun liege ich im Bett und atme schwer.
Meine Wangen sind nass und meine Augen tränenleer.

Doch der Schmerz ist noch da.

Nach einer halben Ewigkeit schlafe ich ein.

Schlafe ein, nachdem Du gingst.

Am schönsten

Deine Haare, so sanft wie Seide,
Dein Körper, so weich wie Watte,
Dein Lächeln, so süß wie Zucker,
Deine Augen, so schön wie ein Smaragd,
Deine Stimme, so zärtlich wie eine Feder,
Deine Arme, Deine Beine, Deine Brüste,
alles kleine Kunstwerke von jemandem,
der sich sehr viel Mühe gab.

Aber am schönsten von allem
ist alles zusammen,
am schönsten von allen
bist Du.

An jemand besonderen

Ich sehe eine Rose, die winkt im Wind

Und erinnere mich, Du bist die Rose

Ich sehe Wolken - ich bin nicht blind

Sie ziehen vorbei an mir und der Rose.

Ich liege im Gras, das riecht so gut

Und erinnere mich, Du bist das Gras.

Ich bin ruhig - ich hab keine Wut.

Ich liege ganz ruhig hier im Gras.

Ich rieche Luft, die duftet frisch

Und erinnere mich, Du bist die Luft

Ich atme - ja ich atme Gasgemisch

Sie ist immer für mich da die Luft.

Was man von Dir nicht sagen kann

Du bist überall, doch nicht bei mir

Ich bin kein Tier und noch kein Mann

Doch Gott, bitte halte stets zu mir.

Angst

Ich habe Angst,
Angst vor dem Alleinsein
Angst, Dich zu verlieren,
Angst, keine Freunde mehr zu finden,
Angst, ewig kämpfen zu müssen,
Angst, mich nie wieder fallenlassen zu dürfen,
Angst, in meinem eigenen Alltag unterzugehen,
Angst, andere nicht mehr zu verstehen,
Angst, anderen nicht helfen zu können,
Angst, dass schöne Zeiten nur noch Erinnerung sind,
Angst, dass ich keine Gefühle mehr habe,
Angst, dass Du jemand anderen findest,
Angst, niemanden wie Dich mehr zu finden.

Ich habe Angst, eine Entscheidung treffen zu müssen,
die ich nicht treffen will und kann.

Ich habe Angst vor meiner Angst.

Angst

Ich habe Angst,

das Du eines Tages sagst,

Du liebst mich nicht mehr.

Ich habe Angst,

das wir eines Tages

nicht mehr miteinander reden.

Ich habe Angst,

dass Du Dein Vertrauen

jemand anderem schenkst.

Ich habe Angst,

dass Du mich verlässt.

Doch wenn Du kommst,

und mir in die Augen

schaust,

vergesse ich die Angst.

Arme Reiche

Du! - ja Du, Dich meine ich

Weißt Du eigentlich wie arm du bist?

Denkst, Du könntest alles mit Geld erwerben

So kann man Menschlichkeit verderben

Du! - ja Du, Dich meine ich

Weißt Du eigentlich wie dumm du bist?

An die Wissenschaft glaubst Du verpicht

Auch wenn Dein Herz ganz anders spricht

Du! - ja Du, Dich meine ich

Weißt Du eigentlich wie primitiv du bist?

Zivilisiert nennst Du Dein armes Leben

Nach immer mehr Geld und Macht zu streben

Du! - nein Du, Dich meine ich nicht!

Denn für Dich sehe ich im Schatten Licht

Weil Du jetzt am überlegen bist

Ob Dein Leben so richtig ist

Chaos der Gefühle

Lachen oder Weinen?
Nähe oder Ferne?

Du oder Du?

Chat

Wo wird sehr viel und gern gelogen

Wo sind die Leute super nett?

Wo bist du oft schon rausgeflogen?

Ja richtig...ganz genau...im Chat!

Der Chat ist sehr oft Anlaufstelle,

von einsamen Gestalten.

Im Vordergrund das Virtuelle,

hier kann ein jeder sich entfalten.

Wer sich hier jemals hat verliebt,

wird wissen was ich meine,

hier zählen Worte keine Taten,

wer ist schon gern alleine?

Die Anonymität, sie schützt dich,

solange du verborgen bist,

doch wehe dem....du machst nen Fehler,

schon mancher bös geendet ist.

Am schlimmsten aber sind all jene,

die unehrlich und feige sind.

Die dich belügen...steht's und ständig,

vertraue ihnen niemals blind!

Ein schönes Bild, meist nicht das eigne,

dazu ne tolle Stimme.

Verdrehen dir ruckzuck den Kopf,

genau das ist das schlimme.

Denn ohne jemanden zu kennen,

verfällt man sehr leicht der Gefahr,

sich dann in etwas zu verrennen,

am Ende sieht man nichts mehr klar.

Bleib ganz du selbst, vor allem ehrlich!

Sag nie zuviel.....bleib Realist.

Dann ist es weniger Gefährlich,

und geht auch ohne Hinterlist.

Das Schlusswort spricht:

"Komm, lass dir Zeit, verlieb dich nicht zu schnell".

Was nutzen dir selbst "schöne Worte?"

Sie sind ja doch nur "virtuell".

Danke für alles heißt Danke für alles! *grins*

Danke dafür, ...

dass Du gestern da warst

dass Du mir den Rechner nochmal gemacht hast

dass Du mich glücklich machst

dass ich Dir vertrauen kann

dass Du mir die Zeit gibst, die ich brauche

dass ich Dich (so) kennenlernen durfte

dass es Dich für mich gibt

dass Du mich geküsst hast und

dass Du bist wie Du bist!!!

einfach für alles!!!

Ich liebe Dich, Kuss ...

Danke

Danke, für all die schönen Stunden.

Danke, dass du mich getröstest hast,

wenn ich mal wieder traurig war.

Danke, dass du immer für mich da warst.

Danke dafür, dass du mir das Gefühl gabst,

etwas Besonderes zu sein.

Danke, dass du mich geliebt hast.

Und auch, wenn du jetzt zu ihr gehörst,

ihr all das schenkst, was du mir geschenkt hast

vergessen werde ich dich nie!

Ich liebe dich...für immer!

Das Gefühl

Manchmal ist so einer dieser Tage....

wo ich ein schweres Laster mit mir trage.

Ich weiß nicht was es ist. man kann es auch gar nicht so recht erklären.

Es ist einfach ein Gefühl aus dem Bauch heraus.

dass einen einfach mit herunterreißt.

Man fühlt sich ziemlich nutzlos und unbeachtet

und kommt einem so vor als würde man anders betrachtet.

Ein Gefühl zwischen Magen und Herz.

Es sticht wie ein kleiner Schmerz.

Er lässt sich nicht abstellen und versucht auch nicht zu verschwinden.

Man muss den Grund auf die Spur gehen und ihn überwinden.

Das Spiel Liebe

Liebe kann wunderschön sein, man fühlt sich plötzlich nicht mehr allein.

Man lernt einen Menschen kennen, man kann wieder lachen und hoffen,

man möchte sich nie von ihm trennen, kann mit ihm reden, so richtig offen.

Man hat Spaß zusammen, fühlt, wenn der andere nicht da ist es steigt das Verlangen.

Spürt dieses Kribbeln im Bauch, doch so schnell wie dieses Gefühl kommt,

so schnell vergeht es auch.

Man beginnt den anderen genauer zu betrachten, beginnt auf kleine Fehler

und Macken zu achten.

Man weiß langsam wie man den anderen verletzt, ihm einen Schlag unter die

Gürtellinie versetzt.

Liebe Worte sind nicht mehr drin, kuscheln und streicheln ist schon lange

nicht mehr Inn.

Man liegt nebeneinander und fühlt nichts mehr, es ist also sinnlos zusammen,

und die Trennung fällt auf einmal gar nicht mehr schwer.

Der Abschied wird kühl sein, doch am nächsten Morgen sind die Tränen dann doch heiß, denn man merkt plötzlich, das Spiel das man Liebe nennt fordert am Ende doch einen sehr hohen Preis.

Dein Lächeln

Dein Lächeln um die Ecke,
Dein Band in den Haaren,
Deine weichen Lippen,
Dein Küssen, Umarmen,
das alles liebe ich,
und alles andere auch.
Ich vermisse Dich,
und freue mich so sehr auf ein Wiedersehen,
Dich ganz lang und fest
in den Arm nehmen,
dich drücken
und nie mehr loslassen!
Mit Dir ganz alleine sein,
und Dich einfach nur streicheln
und Dir sagen, Ich liebe Dich!

Dein Name tausendmal ausgesprochen,
Dein Bild tausendmal vor mir,
in Gedanken,
Deine Stimme tausendmal im Ohr,
trotz der Stille,
Tausend kleine Nadeln in den Händen,
überall,
von meinem Streicheln,
von Deinem Streicheln, Küssen, Umarmen.

Alles wunderschöne Gedanken,
Erinnerungen,
aber alles nur halb so schön,
als wenn
Du wirklich bei mir bist,
wenn ich Dich wirklich sehen, hören, fühlen kann,
Dich umarmen
und Dir sagen,
dass ich Dich liebe.

Deine Anziehung ist magisch.

Du bist mein Herz,

meine Seele,

meine Liebe,

meine Kraft.

Dann öffne ich meine Augen.

Meine Hände greifen ins Leere.

Du bist nicht hier,

bist weit weg von mir.

Es ist dunkel.

Mir ist kalt.

Ich bin allein.

Noch eben hast Du mich gewärmt.

Doch es war nur ein Traum.

Deine Hand

Ich habe Deine Hand,

um sie zu halten,

wenn Du alleine bist.

Um sie zu streicheln,

wenn Du Zärtlichkeit suchst.

Um sie zu wärmen,

wenn Du frierst.

Um Dir aufzuhelfen,

wenn Du gefallen bist.

Um Dich zu führen,

wenn Du den Weg suchst.

Um Dich zu beschützen,

wenn Du Hilfe brauchst.

Um bei Dir zu sein,

wenn Du meine Nähe suchst.

Um Dich zu stärken,

wenn Du schwach bist.

Um Dir zu zeigen,

das ich steht's für Dich da bin.

Um Dir wortlos zu sagen.

<u>Ich liebe Dich.</u>

Der Fall

(dies ist leider keine frei erfundene Geschichte, sondern leider öfter als man glaubt die grauenhafte Wirklichkeit!)

Augenpaare richten sich auf mich. Ich bin der Mittelpunkt des Geschehnisses.

Um mich herum stehen viele Leute. Hektisch fuchteln die Meisten mit ihren Händen herum, reden erregt auf Andere ein und deuten auf mich. Ich sehe auch dich! Deine schwarzen Haare und deine blauen Augen. Du siehst heute etwas unglücklich aus. Was?

Redest du mit mir? Ich kann dich von hier aus nicht verstehen. Du musst näher herkommen! Tatsächlich näherst du dich mir ein Stück und rufst mir zu: " Komm her zu mir! Komm in meine Arme.

Ich halte dich fest und lasse dich nie wieder los! " Ich mache einen Schritt weg von dir weil ich glaube dir das nicht was du gerade gesagt hast. Wieso halten jetzt alle Leute ihre Luft an? Nur wegen diesem Schritt? Glauben die etwa ich weiß nicht was ich tue? " Verdammt nochmal, Sandra, jetzt komm doch endlich her! ICH LIEBE DICH! ICH will dich nicht verlieren! " Bei diesem Satz von dir werde ich hellhörig! Ich sehe dir in die Augen, dein Gesicht sieht so ernst aus. Wenn du so schaust siehst du um zehn Jahre älter aus. Soll ich dir das gerade gesagte glauben? Jetzt wieder dieser Blick! So ernst kenne ich dich ja gar nicht, mein Lieber. " Komm schon her Kleine!

Es ist mir ernst. Ich liebe dich über alles, auch wenn ich gestern was anderes gesagt habe. Bitte, tu mir das jetzt nicht an! " rufst du zu mir herüber. Was ist denn das da auf deiner Wange? Eine Träne? Du musst es ernst meinen. Ich will zu dir! Sofort! Ich will mit dir glücklich werden! Ich laufe jetzt zu dir! Es kommt mir plötzlich so vor als hätte mir wer den Boden unter den Füßen weggezogen. Ich höre viele Entsetzensschreie. Sehe plötzlich den Boden immer näher auf mich zu kommen. Aber ich wollte doch gar nicht springen. Ich wollte doch zu dir! Ich spüre wie ich immer schneller falle. Wie der Boden immer näherkommt. Aber ich will nicht sterben.

Jetzt doch nicht mehr! Doch ich falle, falle und falle. Ein letztes Mal richte ich meinen Blick nach oben. Du stehst jetzt da wo ich geradestand. Plötzlich ist es dunkel um mich herum. Weit von mir entfernt sehe ich ein kleiner Lichtlein leuchten. Langsam bewege ich mich darauf zu. Eine Stimme ruft mich. Ich kenne diese Stimme! Es ist deine! Sie kommt aus dem Dunkel, von dem ich mich gerade wegbewege! Ruckartig bleibe ich stehen und laufe zurück und

da wartest du schon auf mich. Du nimmst mich bei der Hand und jetzt gehen wir zu zweit auf das kleine Licht zu. Nichts kann uns mehr trennen. Bis in die Unendlichkeit!!!!!

Der Kuss

Der erste liebe Hochgenuss

ist ohne Zweifel doch der Kuss.

Er ist beliebt, er macht vergnügt

ob man ihn gibt, ob man ihn kriegt.

er kostet nichts ist unverbindlich

denn er vollzieht sich meistens mündlich.

Hat man die Absicht, dass man küsst
muss man zuerst mit Hirn und List
den Abstand zu verringern trachten
und mit den Blicken zärtlich schmachten.

Die Blicke werden immer tiefer
es nähern sich die Oberkiefer,
dann pflegt man mit geschlossenen Augen
sich aneinander festzusaugen.

Doch nicht nur der Mund allein
muss des Kusses Zielpunkt sein.
Man küsst die Wangen und die Hände
und sonst noch andere Gegenstände,
die ringsum mit viel Vorbedacht
am Körper sämtlich angebracht.

Doch wie man küsst ist ganz verschieden
im Norden anders als im Süden.
Der eine küsst mit viel Gefühl,

der eine heiß, der andre kühl.

Der eine keucht, der andre schmatzt,

als ob ein Autoreifen platzt.

Hingegen wiederum der Keusche

vermeidet jegliche Geräusche.

Natürlich ist verschieden auch,

des Kusses Dauer und Gebrauch.

Dem einen ist das Küssen bange,

der andre küsst gleich stundenlange.

Einem dritten wird beim Küssen fast

die Zunge abgebissen.

Und einem vierten, oh welch Schreck,

dem bleibt auch noch die Spucke weg.

Ich sag es ganz frei und ehrlich:

das Küssen ist durchaus gefährlich

und deshalb mach ich damit Schluss

und bitte schön um einen Kuss.

Der Sturm der Liebe

Der Schmerz der Trennung steckt tief!
Er bringt mich und mein Herz zum Weinen!
Noch tiefer steckt der Schmerz,
dass ich DICH nicht mehr sehen darf!

Das trübe Wetter passt zu mir!
Ich fühl mich genauso trübe!
Doch genau wie beim Wetter,
gibt es auch bei mir die Hoffnung!

Die Hoffnung , das die trübe Stimmung
von einem Sturm weggeblasen wird!
Dann herrscht wieder Sonnenschein!
Dieser Sonnenschein bist DU für mich!

Ein strahlendes Lächeln
Ein blitzen deiner Augen,
ist wärmer als jeder Sonnentag!
Was bleibt ist die Hoffnung ,
dass auch bei mir
bald wieder die Sonne scheint
und mich und mein Herz wärmt!

Ich liebe dich!!!!

Der Tag ist ein

leeres Blatt Papier

zu einem Jahr gebunden

ergibt das ein Buch

dass den Titel

Vergangenheit trägt

und keine Lehre für die Zukunft enthält

Der Tod

Der Tod ist immer gegenwärtig. Tod in den Augen, Tod im Herzen.

Der Tod ist mein ständiger Begleiter, ich bin der Tod, in mir liegt stumm der sterbende Schmerz, der nun wehleidig ein letztes Mal schreit, bevor auch ihn der Tod erlöst! In mir stirbt das Sein des Qualvollen und mit ihm die Erinnerung, die trotz ihres Todes weiter zu leben scheint. Kalt schlägt das Herz der Erbarmungslosigkeit, die nun keinen Schmerz mehr kennt und ich liege still im geronnenen Blut des Schmerzes, das klebrig der Erkenntnis gleicht; liege inmitten von einmal ausgesprochenen und dann nie mehr vergessenen Worten, die wie welke Blütenblätter meinen noch lebenden Körper kränzen.

So ist es wohl, wenn Tod die letzte Sekunde ewig zu ziehen scheint, um die Angst, die zuvor noch so unendlich, vergehen zu lassen und sie auf ewig im Winkel der Vergessenheit zu begraben. Denn wenn Tod so nah, dann vergeht die Angst und nur noch der Augenblick des Endes schimmert verheißungsvoll in bald erreichbarer, fast nahen Ferne!

Die Dusche

Wasserperlen laufen an dir hernieder,
ein himmlischer Duft durchzieht den Raum,
ich sehe dich an, immer und immer wieder,
noch spürst du dieses Knistern kaum.

Kommst aus der Dusche jetzt heraus,
ein Schauer jagt über mich,
dein Anblick ist ein Augenschmaus,
will jetzt nur eins, nämlich dich.

Eincremen soll ich dir deinen Rücken,
Erregung verleiht mir Gänsehaut,
du spürst nun mein Entzücken,
das Verlangen in dir wird laut.

Zieh mich aus, will duschen gehen,
deine Augen funkeln hell,
bleibst einfach vor mir stehen,
auf einmal geht alles so schnell.

Zum Duschen komme ich nicht mehr,
deine Lippen sind überall,
ich will dich jetzt so sehr,
bis hin zum großen Knall.

Landen auf der Erde.
doch das stört uns nicht,
mit dir eins jetzt werde,
die pure Lust in deinem Gesicht.

Die letzte Träne

Die letzte Träne irrt mein Gesicht hinab

verschwindet

aufgesogen von der vertrockneten Einöde

meines verlassenen Lebens

Du mein Licht, das mir einst Wärme gab

Verfolgst mich heute erbarmungslos

lässt mich entrinnen

in die dunkelsten Winkel meiner Seele

nicht flüchten vor der letzten Wahrheit

so harmlos Einsamkeit genannt

Eine rote Flut bahnt sich durch die Nacht

langsam

Zwei fiebrige Augen starren in das Nichts

Doch weine nicht mein Kind

Es ist nur die Hülle, die folgt

Schon längst erloschen ist das Feuer

Die Liebe ist wie ein weißes Blatt Papier,

genauso schön und hell und rein,

manchmal leer und nichts aussagend,

manchmal nicht mit tausend Worten zu beschreiben.

Obwohl sie mit der Zeit verblasst,

ist immer noch zu erkennen was sie will.

Sie überdauert Jahrzehnte,

zerreißt beinahe vor Leidenschaft,

und ist, pass auf,

scharf und gefährlich.

Die Suche

Auf der Suche war mein Herz,

gefunden hat es großen Schmerz,

denn nachdem es die große Liebe fand,

war bald schon eine schwarze Wand,

die gnadenlos alles getrennt,

dass was so eng zusammen war,

Gefühle die nicht jeder kennt,

so tief so klar und wunderbar.

Versuch das alles zu verstehen,

haben wir zu viel Leid gesehen?

Wir mussten beide viel ertragen,

Erlebnisse die ewig plagen,

ließ mich auch von Leuten lenken,

die stets nur an sich selber denken,

hab viel geglaubt und auch vertraut,

und habe doch nur Mist gebaut.

All das Erlebte ließ mich reifen,

hab lang gebraucht um zu begreifen,

hör ich nur auf mein Herz allein,

werd ich vielleicht mal glücklich sein.

Ich will vergessen all die Toten,

die stets mir falsche Freundschaft boten,

sollen sich doch selbst ihr Gift einflößen,

um ihre eigenen Seelen zu entblößen.

Auch Eifersucht die lohnt sich nicht,

wer unbedacht die Treue bricht,

weiß nicht was wahre Liebe ist,

falls das Gewissen nicht die Seele frisst.

Es ist schwer sich daran auch zu halten,

wenn Zweifel die Gefühle spalten,

ich hab's am eigenen Leib erlebt,

wenn das Herz vor Ängsten bebt.

Die Schatten der Vergangenheit,

sie plagen uns oft lange Zeit,

und nur wenn wir's schaffen sie zu überwinden,

werden wir Zuversicht und Hoffnung finden.

Die Trauer bleibt, sie ist verloren,

die Liebe die so rein geboren,

weiß nicht kann sie je wiederkommen?

Was die Zukunft bringt ist stets verschwommen.

Die Vollkommenheit!

Dein Körper - eine Traumgestalt!
Dein Lächeln - verzaubernd!
Deine Augen - atemberaubend!

Was soll ich viel zu dir sagen
dich beschreiben!

Ich schau dich an und denke:
Ob Gott wohl sauer ist,
die Welt hat ihm schließlich einen
ENGEL geklaut!!!

Vielleicht wollte er auch
die VOLLKOMMENHEIT
seiner Schöpfung
an DIR beweisen!!!

Was schöneres und engelsgleicheres
als DICH, gibt es NICHT!!!
DU bist VOLLKOMMEN!!!

Und leider nicht mehr mein!

Die Wahrheit

Ich werde mich nicht beugen
ich werde nichts leugnen
ich sag euch die Wahrheit
so oft wie ihr es wollt
ich sagte es schon oft
doch mir glaubt ja keiner
oder versteht ihr mich nicht
seid ehrlich und sagt mir´s ins Gesicht
ich will nur die Wahrheit wissen
ich sage euch auch nur die Wahrheit
ich weiß nicht was es euch bringt
mich zu verachten
mir ist es scheiß egal
und jetzt sag ich es zum letzten Mal
das ich nur die Wahrheit sagte

Du bist überall

Sie ist noch weit entfernt
im Schein der Sonne erkenne ich Sie nicht
diese Gestalt, diese Gangart,
und dieses Lachen, wonach ich mich immer sehne
das goldene Haar, es ist einfach wunderbar
diese Stimme, diese Stille, wenn sie nicht da ist
mein Herz droht auseinander zu brechen
ich kann und will sie nicht vergessen
weiche Knie, rasendes Herz, verwirrter Blick
ist alles was ich aufbringen kann
Alles, ist Sie, und Nichts, ist Sie
Sag mir, was soll ich denn noch tun?

Wie?

Es ist da

das Gefühl der Liebe zu dir!!!!

Das Gefühl der Sehnsucht nach dir!!!

Aber ich weiß nicht nicht wie?????

Wie ich es dir sagen soll!!!!!!

Es fällt mir so schwer...diese Pein....

wenn ich lieg allein....

die ganze Nacht.......

und wieder nur an Dich gedacht...........

In Gedanken zu wissen wie Deine Lippen küssen...

und doch muss ich Dich missen..........

Wenn Du einst in deinem Leben fest auf

einen Freund baust, geh mit Vorsicht ihm

entgegen, eher Du dich im anvertraust,

schau ihm oft und tief ins Auge, ob auch

ehrlich ist sein Blick, denn die schönsten

Worte trügen, doch das Auge kann es nicht!!!

Du hattest Tränen im Gesicht,

als du ihm sagtest "Ich liebe dich!"

doch er glaubte dir nicht.

Du gingst durch die Straßen, dein Herz war leer

und leben wolltest du auch nicht mehr.

Du fingst an zu haschen und nahmst Heroin,

du wurdest süchtig, das alles wegen ihm.

Doch deine Eltern merkten es bald

und steckten dich in eine Entziehungsanstalt.

Er hatte eine andere, du merktest es kaum,

du lebtest dahin, nur so im Traum.

Du hörtest den Zug ankommen

und starrtest auf die Schienen versonnen.

Du ließest dich fallen - dein Todesschrei -

mit deinem Leben war es nun vorbei.

Zu spät stand er an deinem Grab

mit Tränen im Gesicht

und flüsterte leise

ICH LIEBE DICH!

Du sagst Du liebst die Sonne,

doch wenn sie scheint gehst Du in den Schatten!

Du sagst Du liebst den Regen,

doch wenn es regnet nimmst Du einen Schirm!

Du sagst Du liebst den Wind,

doch wenn er weht schließt Du das Fenster!

weißt Du jetzt warum ich Angst hab,

wenn Du sagst: ICH LIEBE DICH!?

Du warst der Teddy den ich knuddelte,

das Eis an dem ich naschte,

der Sinn meines Lebens. Du warst alles was ich hatte!

Ich wollte Dich niemals verlieren!

Ich liebe Dich!

Du

Dir einfach nur zuhören,
Deine Stimme hören,
Dein Lächeln genießen,
Deine Augen.

Ich möchte jedes Deiner Worte
ganz vorsichtig einpacken
und für immer aufbewahren.

Jeden Blick von Dir
in mir aufbewahren,
ewig in Deine Augen sehen,
die so schön leuchten können,
einfach alles an Dir genießen,
und Dir sagen,
dass ich Dich ganz fest lieb habe!

Ein Spinnennetz,

zwischen zwei Ästen aufgespannt,
schwankt es im Wind,
ganz zart,
und doch ganz fest.

Wie ein Spinnennetz soll unsere Liebe sein,
ganz zart,
und doch ganz fest.

Wie die Spinne
sitzen wir zwei
mitten im Netz,
achten auf jede Erschütterung
und versuchen,
unser Netz zu reparieren
wenn es zu zerreißen droht.

Eines Tages

wirst Du vor mir stehen
und mich mit einem Blick
alles vergessen lassen.

Ich werde Deine Augen
nie mehr loslassen,
Dein Lächeln
nie mehr vergessen.

Wenn ich meine Augen schließe,
kann ich Deinen Blick

schon sehen -
und mir wird ganz schwindlig!

<u>Einige Medienphänomene:</u>

Wer in den Massenmedien über das Schlechte berichtet, fördert es.
Je weniger wir bewerten, umso genauer nehmen wir wahr.
Das Vertraute nimmst du kaum noch wahr.
Was einen Namen hat, existiert.
Was verboten wird, ist wichtig.
Das Böse zieht mehr an als das Gute.
Worüber alle Medien berichten, das findest du aber nicht in

deiner direkten Umgebung.

Plausible Erklärungen verkaufen sich schlecht, die Leute glauben lieber
Mythen.
In den Medien gibt es keine Zufälle, denn sie können alles erklären.
Gute Kunst stirbt nicht.

Der wichtigste Knopf an der Fernseherfernbedienung ist der
Ausschaltknopf. Der zweitwichtigste ist der Ton-Aus Knopf.

Einsam bin ich und allein,
denn ich kann nicht bei Dir sein.
Unser Lied im Radio,
weinen tu' ich sowieso.
Ich kann nicht mehr lachen,
keinen Spaß mehr machen.
Ich hab' Dich so gerne,
Du bist mir so ferne.

Mir bleiben nur Träume und Sterne...

Einsamkeit

Ich fühle mich einsam,
wie nie zuvor,
meine hoffnungsvolle Liebe,
total kaputtgegangen,
meine Angst, meine Panik,
ich will nicht alleine sein,
ich kann es nicht!

In guten wie auch in schlechten Zeiten -
ich hatte eine schlechte Zeit,
ich habe eine schlechte Zeit,
und kann mich doch nur
an gute Zeiten erinnern.

Die Vergangenheit macht mich traurig,
die Zukunft macht mir Angst,
die Gegenwart macht mich fertig.
Wo bin ich,
Wer bin ich,
Wo bist Du?

Ich brauche so sehr Hoffnung, die ich nicht mehr habe!

Engel

Du standest da, warst nicht allein,

Zwei strahlend Augen waren Dein.

Selbst eine sternenklare Nacht

Hätte dieses Leuchten nicht erbracht.

Ich sah zu Dir, Du sahst zurück

Ein Lächeln, nur ein Augenblick.

Am Anfang wußt ich nicht so recht,

Ein Zufall nur oder war es echt.

Habe nie etwas wie Dich gesehen,

Voll Anmut und so wunderschön.

Dein sanftes Lächeln war so rein,

Du konntest nur ein Engel sein!

Mein Auge nicht dem Deinen wich,

Bis unsere Blicke trafen sich.

Mein Herz blieb stehn und schlug doch schneller,

Dein Lächeln strahlte immer heller.

Kein Zufall war es, wusste ich nun,

Doch was sollte ich als nächstes tun?

Wie macht man einem Engel klar,

Dass man ihn findet wunderbar?

Dich anzusprechen brauchte Zeit,

Mir kam es vor wie eine Ewigkeit.

Doch als das erste Wort gesprochen,

War ein meterdickes Eis gebrochen.

Unser Gespräch war zwar nicht lang,

Doch fing mein Herz zu lodern an,

Ein kleines Feuer Du entfachtest,

Als Du zum Abschied nochmal lachtest.

Wie wird es jetzt wohl weitergehen?

Vielleicht mag es in den Sternen stehen.

Doch eines weiß ich ganz genau,

Ich möchte Dich gern wieder sehn!

Erfroren

Du hast mir ewige Liebe geschworen,
gesagt ich soll Dich nie verlassen,
doch jetzt hast Du mich sitzenlassen.

Was ist passiert, was ist geschehen,
ich hab das nicht mal kommen sehen.

Wir wollten unser Leben zusammen gestalten,
immer und ewig zusammenhalten.
Ich wollt bei Dir sein, und Du bei mir,
doch bist Du einfach nicht mehr hier.

Jetzt rufst Du an, willst mich auch sehn,
bloß um nach ner Weile wieder fortzugehen.
Spar Dir das, das hilft mir nicht, ich
schaff das besser ohne Dich. Es macht doch
alles mehr beschwerlich, denn Du meinst es eh
nicht ehrlich.

Ich hab verstanden, hab kapiert,
-unsere Liebe - die erfriert.

Trotz allem vermiss ich Dich sehr, mein
inneres ist ziemlich leer, doch weiß ich
schon, ist es auch schwer, für uns gibt's
keine Chance mehr.

Es gibt Tage da vermisse ich dich,

es gibt Nächte da suche ich dich.

Es gibt Stunden da bist du bei mir,

Stunden in denen du mir wahnsinnig fehlst.

Es gibt Momente da will ich mehr von dir,

Momente wie diesen – diesen hier.

Es gibt Augenblicke da könnt ich dich Stundenlang anschauen,

anschauen ohne genug gesehen zu haben.

Mein Leben ist nicht perfekt,

aber Du sorgst ein kleines Stück mehr dafür.

DU, rückst mein Leben zurecht.

Ich liebe Dich.

„Es ist nicht unsere Aufgabe,

einander nahe zu kommen,

so wenig wie Sonne und Mond

zueinanderkommen oder Meer und Land.

Unser Ziel ist es, einander zu erkennen und

einer im anderen zu sehen,

was er ist:

Des andern Gegenstücks und Ergänzung."

Es war schön
Dich mal wieder zu sehen,
es war schön,
wie Du auf der Bühne
getanzt hast,
Gefühle gezeigt hast,
Gefühle, die ich gut kenne,
Verlassen, Einsamkeit,
ausgeschlossen sein,
dazugehören wollen,
und irgendwie doch nicht
dazu passen,
Verzweiflung;
und dann wieder Hoffnung,
Lebensfreude,
Hoffnung, die Mauern
eines Tages überwinden zu können,
oder zumindest eine Tür zu finden.

Ewiger Kreis

Mir ist zum Weinen

Es will raus

Ich weiß nicht, was

Ich weiß nicht, warum

Es muss raus

Aber es geht nicht

Es sitzt tiefer als drei Tränen

Ich finde keine Ruhe

Wie eine verfluchte Tote

Ich kann nicht mehr

Ich will nichts mehr

Wo ist die beruhigende Stille?

Ständig ein Geräusch

Überall

Keiner kann mir helfen

Nicht einmal der beste Freund

…

Gleich lache ich wieder

und sehe so aus

als ginge es mir gut

und alles ist vorbei

für zwei Minuten

Ein falsches Wort

und es geht wieder los

Ich kann nichts tun

Es kommt

es ist

es geht

wie aus Glas

Zerbrechlich

Sei behutsam

zu dem Geheimnis

Wenn die rauhe Schale

sich öffnet

Ewiger Kreis

Existenz

ich bin nicht

ich existiere

vegetiere

funktioniere

mein Leben läuft an mir vorbei

tage, stunden, Minuten

kein ziel

für Traurigkeit

keine zeit

für leben

keine zeit

kein sinn

nur diese eine frage

warum

existiere

ich?

Fabian

Um halb sieben klingelt der Wecker. Fabian drückt auf den Knopf und das Piepsen hört auf. Halb sieben. Er seufzt und starrt an die Decke. Wozu soll er überhaupt aufstehen? Es ist doch eh alles umsonst. Nach fünf Minuten steht er dann doch auf und geht hinunter ins Bad. Seine Großmutter schläft noch. Er ist so leise wie möglich, um sie nicht zu wecken. Nachdem er seine Haare mit Gel und Spray in Form gebracht hat, setzt er sich an den Tisch um zu frühstücken. Eigentlich hat er keinen Hunger. Aber seine Großmutter hatte gesagt, er müsse etwas essen. Wenn er hungern würde, würde das auch nichts ändern. Fabian liebt seine Großmutter über alles, darum würde er auch alles für sie tun. So befolgt er alle Ratschläge, die sie ihm gibt.

Gegen zehn nach sieben packt er seine Schultasche und zieht sich an. Er braucht endlich neue Klamotten. All seine Sachen schlackern ihm um die schmale Figur. Fabian ist wirklich kaum mehr als ein Strich in der Landschaft. Aber seine Großmutter hat nicht so viel Geld, um ihm allzu viele neue Anziehsachen zu kaufen. Es kümmert ihn eigentlich auch herzlich wenig, wie er aussieht oder was die anderen über seine Kleidung sagen. Im Prinzip kümmert ihn überhaupt nichts mehr.

Um halb acht verlässt Fabian leise das Haus, um zur Schule zu gehen. Eisiger Wind bläst ihm um die Nase und Fabian atmet tief ein. Er mag Wind. Wind hilft, einen klaren Kopf zu bekommen. Hinter den Häuserblocks kann er die Sonne aufgehen sehen. Es ist ein klarer, kalter Februarmorgen. Auf dem Schulweg denkt Fabian über alles nach. Er findet, man kann prima nachdenken, wenn einem der Wind um die Ohren weht. Leider kommt Fabian deswegen meistens zu spät. Denn wenn er nachdenkt, vergisst er völlig die Zeit und erreicht deshalb meist erst nach acht das Schulgebäude. So auch heute. Um fünf nach acht klopft er an die Klassentür. Als er sie öffnet, hört das Geschnatter seiner Mitschüler ruckartig auf und alle Blicke fliegen zu ihm. Manche sehen ihn mitleidig an, andere wiederum schauen mit einer gewissen Unsicherheit. Auch sein Lehrer, Herr Zillke, hat diese Unsicherheit im Blick.

Normalerweise bekommt Fabian einen Tadel, wenn er zu spät kommt. Aber heute ermahnt Herr Zillke ihn nicht, sondern bittet ihn leise, Platz zu nehmen. Fabian lässt sich auf seinem Stuhl zwischen seinen besten Freunden Harry und Silke nieder. Beide sehen ihn verstohlen an, sagen leise "Morgen" und starren dann an die Tafel, wo Herr Zillke die Integralrechnung erklärt. Die ganze Stunde hindurch herrscht drückende Stimmung in der Klasse. Selbst Till und Ramona, die Klassenclowns, sind ruhig. Man hört nur die tiefe Stimme von Herrn Zillke. Würde man auf den Flur gehen und würde an der Tür lauschen, man würde meinen, der Lehrer wäre allein in der Klasse.

In der Fünf Minuten-Pause, nachdem Herr Zillke gegangen ist, kommen auch Nick, Pascal, Ina, Carola und Mario an Fabians und Harrys Tisch. Dann stehen sie alle da und niemand weiß, was er sagen soll. Schließlich fasst Carola sich ein Herz und räuspert sich.

"Fabian", sagt sie dann und sein müder Blick richtet sich auf sie, als hätte er eben erst wahrgenommen, dass sie da steht.

"Fabian, es tut mir wahnsinnig Leid." fügt sie hinzu und wischt sich kurz über die Augen. Er bemüht sich um ein Lächeln. Es gelingt ihm und die Art, wie er lächelt, dreht den anderen den Magen um.

Nick hebt zögernd die Hand und klopft Fabian unbeholfen auf den Arm.

"Hey!" sagt er nur, unfähig, seinen Gefühlen Ausdruck zu verleihen. Aber Fabian versteht, nickt seinem Freund zu und öffnet den Mund, um etwas zu sagen. Sofort verstummen seine Freunde, als er mit leiser Stimme zu sprechen beginnt.

"Ich möchte euch danken", sagt er, "dafür, dass ihr jetzt für mich da seid, wenn ich euch am nötigsten brauche. Ich habe überlegt und mit mir gekämpft, ob ich überhaupt herkommen soll. Klar, vom Unterricht bekomme ich im Moment wenig mit. Aber eure Nähe, das Wissen, dass ihr da seid, hilft mir mehr, als mich zu Hause zu verkriechen."

Tief bewegt von diesen Worten nimmt Ina Fabian spontan in den Arm. Pascals Blick fällt auf Fabians Tasche. Er kann ein Foto sehen. Ein Familienfoto; Fabian inmitten seiner Familie. Seine Eltern, seine Schwester, seine Brüder. Pascals Herz schlägt heftiger als er daran dachte, dass Fabians Familie nicht mehr da ist. Er reisst den Blick vom Foto, denn da betritt die Geschichtslehrerin Frau Thalberg die Klasse. Fabians Freunde gehen auf ihre Plätze zurück. Frau Thalberg sieht Fabian an. Sie sieht sein eingefallenes, aschfahles Gesicht, das sie immer als gesund und rotbackig in Erinnerung hatte. Die stumpfen Augen auf den Boden gerichtet sitzt er da, in Gedanken versunken, abwesend.

"Möchtest du nicht lieber nach Hause gehen, Fabian?" fragt sie besorgt und nimmt seine Hand. Wieder lächelt er sein trauriges Lächeln.

"Nein." sagt er sanft und Frau Thalberg lässt ihn seufzend los. Eine weitere bedrückende Stunde vergeht und alle sind am Ende froh, das stille Klassenzimmer verlassen zu können. Fabians Freunde weichen nicht von seiner Seite und er ist ihnen sehr dankbar dafür. Seine Gedanken kreisen immer wieder um den letzten Mittwoch. Letzten Mittwoch war er bei Harry gewesen und seine Eltern wollten mit seiner Schwester Tanja und seinen Brüdern Jan und Sascha in die Stadt fahren.

"Ich gehe lieber zu Harry", sagte Fabian, "wir müssen sowieso noch für den Test in Bio lernen!" Seine Eltern hatten nichts dagegen und so war Fabian, der einzige, der an diesem Mittwoch nicht im Auto saß...

Am Abend, als Fabian wieder zu Hause angekommen war, wunderte er sich, dass seine Familie noch nicht zurück war. Er setzte sich vor den Fernseher und wartete. Aber als es immer später und später wurde, begann er sich Sorgen zu machen. Er setzte sich ans Fenster und hielt nach dem Auto Ausschau. Er rief das Handy seines Vaters an, aber es war aus. Gegen halb eins klingelte es an der Tür. Erleichtert lief Fabian zur Tür, doch davor stand weder sein Vater noch jemand anderes aus seiner Familie. Ein uniformierter Polizist blickte ihm entgegen und Fabians Herz schien einen Schlag auszusetzen, als der Beamte zu sprechen anfing.

"Guten Abend", sagte er, "ich... ich weiß nicht so recht, wie ich es sagen soll aber... deine Familie... sie... hatte einen schweren Unfall..."

Fabians Augen weiteten sich mit jedem Wort, das der Polizist sprach.

"Es tut mir... es tut mir unsagbar Leid, aber... deine Familie... sie sind... sie sind alle tot." stammelte der Beamte und drehte seine Dienstmütze unruhig in den Händen. Er wiederholte noch einmal, wie Leid es ihm tat und dass er es besonders traurig fand, dass Fabian jetzt quasi allein dastehe, aber Fabian hörte ihm nicht mehr zu. Seine Ohren rauschten und das Bild vor seinen Augen verschwamm. Seine Familie - tot? Das konnte nicht sein, das durfte nicht sein! Vor seinen Augen wurde es schwarz und als er wieder aufwachte, kniete seine Großmutter vor ihm.

"Fabian, mein Junge", schluchzte sie leise und als er in die rotgeweinten Augen seiner Großmutter sah, wusste er, dass es kein böser Traum, sondern die Realität war, dass er seine Familie niemals wiedersehen würde...

"Fabian, bist du okay?" fragt Silke und sieht ihn ängstlich an.

"Ja, klar. Kein Problem." antwortet er langsam und schüttelt den Kopf, als könne er so die schrecklichen Gedanken, die ihn quälen, abwerfen. Aber es will ihm nicht gelingen. Immer wieder fragt er sich, warum er nicht mitgefahren war. Er malt sich aus, wie alles gekommen wäre, wenn er dabei gewesen wäre. Der Beamte hatte ihnen gesagt, auf der Autobahn sei es zu einem Auffahrunfall gekommen und ein Vierzigtonner sei auf den Kombi seiner Eltern gekracht. Die Vorstellung, welche Schmerzen seine Familie hatte erleiden müssen, treibt Fabian in den Wahnsinn, aber er muss einfach immer daran denken. Es ist wie ein Zwang, die Gedanken lassen sich einfach nicht vertreiben. Er wünscht sich nichts sehnlicher, als dass er die Vergangenheit rückgängig machen kann und er seine Eltern warnen kann. Oder dass er diesmal mitfährt. Dann wäre er jetzt bei ihnen und würde sich nicht so furchtbar quälen.

Es klingelt und Fabian und seine Freunde müssen zurück in den Klassenraum. Jetzt ist Deutsch dran und sein Deutschlehrer Küster versucht so gut es geht, Fabian zu ignorieren. Er nimmt es ihm nicht übel. Er ist auch ganz froh, in Ruhe gelassen zu werden.

Nach der Schule bieten Harry und Silke Fabian an, ihn nach Hause zu begleiten.

"Danke, aber ich gehe lieber allein. Nachdenken, und so, wisst ihr", antwortet er, lächelt sein trauriges Lächeln und wendet sich zum Gehen ab.

"Fabian!" ruft Silke und er dreht sich noch einmal um.

"Ja?" fragt er.

"Wenn was ist... ich mein... wenn du wen zum reden brauchst..." fängt sie an, bricht aber mitten im Satz ab. Fabian sieht sie dankbar an und hebt einen Arm.

"Ist schon in Ordnung. Danke für alles." sagt er und geht.

Als er zu Hause ankommt, wartet seine Großmutter auf ihn.

"Mein Junge", ruft sie und umarmt ihn, als er zur Tür reinkommt. Eine Weile stehen sie einfach so da und halten einander fest, wie zwei Ertrinkende, die an einem Rettungsring festhalten. Leider nur ist auch dieser Ring im Begriff zu sinken...

Nach einiger Zeit lässt die Großmutter ihn los, wischt sich mit einer fahrigen Bewegung über die Augen und lächelt ihren Enkel wackelig an.

"Ich hab... also, das Essen ist fertig." sagt sie und läuft hektisch in die Küche. Es ist lange her, dass sie nicht nur für sich selbst hatte kochen müssen. Ihr Mann ist bereits seit 23 Jahren tot. Seit dem Unfall aber wohnt Fabian bei ihr, und so ist weder sie noch er allein. Diese Lösung hat auch das Jugendamt als am geeignetsten befunden und so darf er bei seiner Großmutter bleiben.

"Du, Oma", ruft Fabian und folgt der alten Frau in die Küche. Er bleibt im Türrahmen stehen und sieht ihr zu, wie sie in der Küche herumwuselt. Er reibt sich unschlüssig den Arm und kommt dann herein.

"Eigentlich hab ich gar keinen Hunger." sagt er. Die Großmutter schüttelt energisch den Kopf.

"Du musst was essen. Du bist doch eh nur noch Haut und Knochen!" sagt sie und stellt ihm einen Teller hin. Seufzend setzt Fabian sich und stochert in seinem Essen herum.

"Los, iss!" sagt die Großmutter.

"Fass dir mal an die eigene Nase. Du isst ja selbst kaum was!" entgegnet er. Die Großmutter seufzt.

"Na schön, dann geh eben auf dein Zimmer." gibt sie nach und Fabian steht dankbar auf. Er umarmt seine Großmutter und geht die Treppe hinauf in sein Zimmer. Er stellt sich ans Fenster und atmet tief ein. Wieder zucken die Bilder an seinem inneren Auge vorbei. Im Leichenschauhaus, als er seine Familie identifizieren sollte. Seine Großmutter hatte versucht, ihn davon abzubringen und wollte allein gehen. Aber Fabian hatte seine Familie noch einmal sehen wollen.

"Es ist wirklich kein schöner Anblick", sagte der Beamte, der sie begleitete.

Fabian schluckte heftig und nickte dann.

"Ich weiß." sagte er nur und ging mit seiner Großmutter und dem Beamten den grünen Korridor entlang. Ihre Schritte hallten laut wider und das beklemmende Gefühl in Fabians Brust schien noch stärker zu werden. Er hatte Angst, nicht mehr atmen zu können, wenn er weiterging. Und doch zog es ihn zu der grünen Tür, hinter der sich sein Albtraum verbarg. Der Beamte legte die Hand auf die Klinke und sah Fabian noch einmal an.

"Sicher?" fragte er wieder. Er nickte nur und der Beamte öffnete seufzend die Tür.

Wenig später stand Fabian im Freien und übergab sich. Sein Herz raste und ihm war furchtbar schwindelig. Es war das schrecklichste, was er je gesehen hatte.

Diese Bilder rasen in seinem Kopf herum, als er am Fenster steht und zusieht, wie es langsam dunkel wird. Wieder ist ein Tag vorbei, ein Tag ohne Sinn, ein verlorener Tag, ein leerer Tag. Und morgen dasselbe. Und übermorgen auch. Es wird immer so weitergehen. Fabian zieht die Jalousien runter und macht sich fertig fürs Bett. Nachdem er seiner Großmutter einen Gute Nacht Kuß gegeben hat, legt er sich ins Bett und löscht das Licht. Eine Weile starrt er ins Dunkel. Erinnerungen zucken in seinem Gehirn herum, Bilder, die ihn an glückliche Zeiten denken lassen. Seine Augen füllen sich mit Tränen. Warum tut es nur so wahnsinnig weh? Sein Herz scheint zu zerspringen und plötzlich beginnt Fabian zu schreien. Er schreit, tobt, zerreißt und zerbricht seine Sachen und brüllt, als würde man ihm nach dem Leben trachten. Seine Großmutter im Wohnzimmer zuckt zusammen und schließt die Augen.

,Ja, schrei nur, mein Junge. Schrei nur, es wird helfen. Danach fühlst du dich besser...', denkt sie und ihr rollen Tränen über die Wangen.

Etwa eine Stunde später wird es ruhig im Haus. Fabian liegt im Bett und atmet schwer. Seine Wangen sind nass und seine Augen tränenleer. Doch der Schmerz ist noch da. Nach einer halben Ewigkeit schläft er ein.

Am nächsten Tag klingelt der Wecker. Um halb sieben. Und Fabian steht auf.

Finde mich

Ich habe nie gewusst,

Dass ich so fühlen kann.

Ich hätte nie geahnt,

Dass ich's kann - als Mann.

Ich habe noch nie gesehen

Was ich sehen musste.

Ich wagte nicht zu sagen,

Was ich immer wusste.

Ich spüre die Liebe,

Die in mir steckt.

Und niemand ist da,

Der sie in mir weckt

Ich bin nicht alleine

Sondern bin einsam.

Meistens ist es Scheiße,

Manchmal heilsam.

...

Ich wünschte nur,

Du wärst bei mir.

Doch seit Stunden

Warte ich schon hier.

Ich kann nichts tun,

Einsam sein ist schwer.

Und Du bist nicht da:

Ich liebe Dich so sehr.

Frage nie, wie es mir geht.

Die Antwort willst du nicht hören!

Frage nie, was ich brauche...

du wirst es mir eh nicht geben!

Frage nie, wie sehr ich dich mag...

es bedeutet dir nichts!

Und wenn ich weine...

frage niemals warum...

du würdest eh nicht verstehen…

Frei

Langsam lässt er mich los

- der stechende Schmerz;

die Trauer war groß,

zerrissen mein Herz!

Doch jetzt geht wieder die Sonne auf -

bin fast wieder richtig gut drauf!

Zeit werd' ich noch brauchen -

das ist klar;

doch die Erlösung ist trotzdem wunderbar!

Hab wieder Augen für andere Sachen -

bin nicht mehr traurig,

kann wieder lachen...

Freundschaft oder Liebe

Freundschaft glaubtest du in meinen Augen zu sehen,

doch so einfach war das nicht zu verstehen.

Es war viel mehr dahinter,

nicht nur letzten Sommer, auch heuer im Winter.

Konnte und durfte es dir nicht sagen,

dachte, ich werde daran verzagen.

Wird unsere Freundschaft zerbrechen?

Vom Gegenteil gabst du mit einem Versprechen,

unsere Freundschaft wird auf keinen Fall zerbrechen.

Noch verspüre ich deine Nähe und Wärme,

doch ich weiß, zwischen uns liegt bereits eine große Ferne.

Ich bitte dich, triff eine Entscheidung,

zieh endlich aus deine Verkleidung.

Werde hinter dein Geheimnis kommen,

doch bis dahin ist meine Hoffnung zerronnen.

Ich kenn deine Gefühle für mich nicht,

meine eigenen vernebeln mir die Sicht.

Sei bitte ehrlich zu mir,

du weißt, ich vertraue dir.

Ganz egal wie es weitergeht,

du bist einer der wenigen, der mich versteht!!!

Furcht

Mein Herz es weint so bitterlich,

denn weißt du, es schlägt nur für Dich!

Hab dich verletzt Dich schwer gekränkt,

mit meinen Gefühlen Dich fast ertränkt.

Da ist Angst in mir die ständig wächst,

dass Du mein Schatz mich drum verlässt.

Es ist schwer für mich bei Nacht und Tage,

weil ich den Schmerz im Herzen trage,

wenn Du mein Engel mich nicht mehr liebst,

mir meine Dummheit nicht vergibt!

Ich will Dir Liebe und Freiheit geben,

Dich nicht mit meinem Ego knebeln.

Will nicht dein Herz in Ketten legen,

Dich glücklich machen ist mein Bestreben.

Ich weiß, dass bald mein Herz zerbricht,

wenn deins nicht mehr zu mir spricht,

denn die Furcht dass Du mich lässt allein,

schlimmer könnte kein Alptraum sein.

Mein Alltag ist so grau und trist,

auch wenn du in der Nähe bist,

bist Du so nah aber trotzdem fern,

verwirrt mich sehr, denn ich weiß nicht,

liebst du mich, hast du mich gern,

oder ist es Ablehnung die zu mir spricht.

Verzeih mir, dass ich im Zweifel bin,

ohne Dich sehe ich nur keinen Sinn,

bin traurig und im Inneren leer,

ich weiß nur eins, ich brauch Dich sehr.

Auf Urlaubsreisen warst Du einst bedacht, stets einzupacken, was Dich glücklich macht, ein Lippenstift, den Lidschatten, die Puderdose und Düfte nach Lavendel und der Rose, auch Cremetöpfchen für den Tag und für die Nacht ganz einfach alles, was Dich glücklich macht. Dazu die Kleider, luftig, leicht und bunt, tief ausgeschnitten, einmal spitz, einmal rund, und seidne Hemdchen für die Nacht, ganz einfach alles, was Dich glücklich macht. Heut sieht dein Kofferinhalt anders aus, die Schönheitsmittel lässt Du jetzt zu Haus. Nicht Brauenstift und Puderdose, nein, eine wollne Unterhose, Arthrosensalbe, Franzbranntwein, packst Du jetzt in den Koffer ein und Kniewärmer für Tag und Nacht, ganz einfach alles, was Dich glücklich macht. Dazu Tabletten, Tropfen, Rheumamittel und gegen Kälte warme Kittel. Ein Döschen fürs Gebiss bei Nacht, ganz einfach alles, was Dich glücklich macht. Auch Gummistrümpfe, Kukident und Augensalbe, wenn's mal brennt, die Wärmeflasche fürs Bett bei Nacht, ganz einfach alles, was Dich glücklich macht. So hast in vielen Lebensjahren Du einen Wandel nun erfahren, doch heute noch bist Du stets bedacht, stets einzupacken, was Dich glücklich macht!

Du machst es dir nicht einfach und auch die anderen schonst du nie, du kämpfst gern gegen Mühlen und zwingst so manchen in die Knie. Du bleibst nicht gerne stehen, weil in jedem Tag etwas Neues steckt, man hört dich lauthals lachen ein Ton, der Tote auferweckt. Du bist ein geborener Führer, der Schalk, er sitzt dir im Genick, mit dir treibt man keine Scherze, denn du retournierst sie knüppeldick. Nur ganz selten wirst du leise, du zeigst nicht gerne, was dich quält, das ist eben deine Linie und die hat selten noch ihr Ziel verfehlt. Du gehst gerne an die Grenze und manchmal auch darüber hinaus und doch – und das ist ehrlich, verdienst du dir deinen Applaus. Und damit meine ich nicht Gesang nur, sondern weil du dir die Treue hältst, weil ein Wort von dir allen genügt, weil du niemand in den Rücken fällst. Weil man auf dich stets zählen kann, wissen Eines wir darum ganz genau, gehe keinen Deut vom Wege ab, dann bleibst du eine Klassefrau!

*Es ist seltsam mit dem Alter, wenn man 13 und noch Kind, weiß
man glasklar, dass das Alter so um 20 rum beginnt! Ist man selber
20, denkt man nicht mehr ganz so steif, glaubt man jedoch, so um
30 sei man für den Sperrmüll reif! Dreißiger schon etwas weiser
und vom Lebenskampf geprägt, haben den Beginn des Alters auf
Punkt 40 festgelegt. Vierziger mit Hang zum Grübeln sagen -
dumpf wie ein Fagott 50 sei die Altersgrenze und von da an sei
man Schrott! Doch die 50er, die Jungen - denken da an andere
Sachen: "Jung sind alle, die noch lachen, leben, lieben,
weitermachen." Sind dann die 60 angebrochen, fragt man sich
dann und wann, fängt das Leben nicht mit 66 erst richtig an. 70
Jahre sind vollbracht, selten hast Du schlappgemacht, die
Knochen werden langsam spröde, nicht so Dein Geist, der ist noch
rege. Deine ____ sind jetzt angebrochen, schau nur nach vorn, tu
weiter hoffen, leb Jahr für Jahr geduldig weiter, steig weiter auf
die Lebensleiter. Frieden, Lachen, keine Schmerzen, wünschen Dir
von ganzem Herzen, Dein(e) _____*

*Ich treffe wen und nicke, weil er grüßt, wenn ich nur seinen
Namen wüsste'? Ich forsche, denke nach, nichts rührt sich da zu
meiner Schmach. Da sage ich mir ganz still und leise - das Alter
kommt auf seine Weise. Vom dritten Stock steig ich herunter, geh
auf die Straße frisch und munter. Da plötzlich frag ich mich
verdrossen, hab ich auch wirklich abgeschlossen? Du könntest
schwören einen Eid, steigst doch hinauf zu deinem Leid. Da sag
ich mir ganz still und leise – das Alter kommt auf seine Weise.
Brauchst du mal etwas aus dem Schrank - der gut gefüllt ist – Gott
sei Dank! Kaum hast geöffnet du die Tür, da fragst du dich: Was
wollt ich hier? Verstört bist du, dass in Sekunden, was du
vorgehabt, entschwunden. Da ruft es aus dem Hinterhalt – dein
Jahrgang wird jetzt sicher alt. Benutzt du mal dein Bügeleisen und*

gehst anschließend gleich auf Reisen, drei Wochen bangst du, ungelogen – hab ich den Stecker rausgezogen? Sitzt der noch etwa in der Wand? Bin ich inzwischen abgebrannt? Da ruft es aus dem Hinterhalt – dein Jahrgang wird jetzt sicher alt. Und kommst du dann woanders hin, bewegst du gleich in deinem Sinn, dein Sparbuch bestens zu verstecken, damit kein Dieb es kann entdecken. Brauchst du dann Geld hast du indessen, den heimlich Platz total vergessen. Oh Gott, stöhnst du ganz starr vor Schreck, was soll ich tun, mein Geld ist weg! Da ruft es aus dem Hinterhalt – dein Jahrgang wird jetzt sicher alt. Zum Frühstück nimmst du drei Tabletten, die sollen dein Gedächtnis retten. Du fragst dich plötzlich ganz benommen, hab ich sie eigentlich genommen? Ja ist mein Denken denn noch dicht? Und zwei Mal nehmen darf ich nicht. Da ruft es aus dem Hinterhalt – dein Jahrgang wird jetzt sicher alt. Ich muss nicht mehr dem Glück nachjagen, kann friedvoll umgehen mit den Tagen. Kann reisen wann ich will und bleiben, mit Spaß und Spiel die Zeit vertreiben. Kann Sympathie verstreun und Freundschaft pflegen mich selbst und mein Wehwehchen hegen. Da sag ich mir ganz still und leise: Nun Alter, komm und mach mich weise!

Das beste Stück

____ Jahre, ach du Schreck, die Jugend und der Lack sind weg. Knochen knacken - Muskeln drücken, manchmal hast Du's mit dem Rücken. Hattest Höhen und auch Tiefen, warst stets da, wenn wir Dich riefen. Denn das Eine sollst Du wissen, bleib uns treu, sonst sind wir aufgeschmissen. Wir wünschen Dir von Herzen Glück, Du bist und bleibst das beste Stück.

Das kleine Zig

*Das kleine ZIG ist ein Fanal, mit zwanZIG kommt's zum
erstenmal. Du find't das kleine ZIG recht fein und möchtest gar
noch älter sein. Mit dreißig macht es Dir nichts aus, Du kennst
damit dich ja schon aus und stehest fleißig und geschickt, bis es
zum nächsten Male 'ZIGt'. Mit vierZIG kommst Du zur Besinnung,
gehörst schon fest zu Deiner Innung und machst vielleicht in
Deinem Glück auch schon mal einen Blick zurück. Mit fünfZIG
kommt wie Donnerknall Dir vor das kleine ZIG-Signal. Du
schlägst Dir an die Brust im Gehen und denkst: 'Das woll'n wir
doch mal sehen!' Und gehst und gehst mit festem Blick, und
plötzlich macht es wieder ... ZIG. Du bist erstaunt, ja fast perplex,
denn diesmal steht davor die Sechs. Du sollst das Leben weiter
lieben, steht auch vor Deinem ZIG die Sieben! Dann steht, eh' Du
daran gedacht, das kleine ZIG schon nach der Acht. Bei guter
Gesundheit sollt' es uns freun, erreichst Du vor dem ZIG die Neun.
Und werden's hundert Jahr - famos! - dann bist das ZIG Du
wieder los*

Das Schnäpschen

*Geburtstag ist ein lustiges Ding, doch wenn schon oft man ihn
beging und dann die Gäste reden halten, höchst feierlich und
inhaltsschwer, legt selbst man sein Gesicht in Falten und wünscht,
dass man noch jünger wär'. Jedoch es schützt vor Alterssorgen, ja
Gott sei Dank manch Mittel auch, am besten ist, man gießt am
Morgen sich gleich ein Schnäpschen in den Bauch. Das stimmt
schon früh uns höchst vergnüglich, so dass der Tag voll Schwung
verläuft, ein Mittel, welches ganz vorzüglich, wenn Schnaps man
nicht in Massen säuft.*

*es klappt nicht mehr so, was einst mühelos gelang, frühere
Freuden entpuppen sich heute als Zwang. Sei es das Wandern, das
Bücken, das Kegeln, sei es das Trinken, das Tanzen, das ... Segeln.
Man kann's kaum umgehen mit Papperlapapp, wir werden nicht
jünger, der Lack, der ist ab. Wir sind zwar im Herzen noch immer
die Alten, doch äußerlich legt sich so Manches in Falten. Die
Füße der Krähen im holden Gesicht, auch Bauch und Hintern
verschonen sie nicht. Der Busen braucht Stützen, ach
Papperlapapp, wir werden nicht jünger, der Lack, der ist ab. Wir
kämpfen gegen Pfunde mit Pillen und Spritze, Diäten, fasten - kein
Konzept erweist sich als Spitze. Erkennt man, dass letztlich alles
war nur Beschiss, dann lächelt man krampfhaft und zeigt sein
Gebiss. Das auch nicht mehr so wie vor Jahren erstrahlt, denn
man hat für Ersatz schon manch Märklein bezahlt. Sitzt das Dritte
gar schlecht, es macht ständig klapp, klapp, tja, wir werden nicht
jünger, der Lack, der ist ab. Die Haare werden grau, Hartes beißt
man nicht mehr so locker, in's Haar kommt halt Farbe rein, das
reißt uns nicht vom Hocker. Sagen die ganz Jungen: „Mensch
Oma, was willste hier, hau ab!" Lass' nur, auch bei ihnen geht's
eines Tages bergab. Dann wird sich zeigen, ob sie Humor haben
wie wir oder nur Trübsal blasen, bei Wein oder Bier. Auf „Wolke
7" erreicht uns die Nachricht, papperlapapp, ihr Lieben, jetzt sind
sie die Gruftis, auch ihr Lack ist ab. Doch solange wir atmen, nur
nicht verzagen mit Falten am Bauch, denn unsre Männer, du liebe
Zeit, die altern ja auch. Ihnen weichen am Kopf insbesondere die
Haare, vorbei sind die lockigen, aktiven Jahre. Was einstens so
stramm war, wird traurig und schlapp, auch sie werden nicht
jünger, der Lack, der ist ab. Es ist nun mal so mit der Menschheit
bestellt, egal, wie es kommt: Uns gefällt's auf der Welt. Drum
bleiben wir heiter, drum sagen wir „Prost", dass es allen so geht,
das ist uns ein Trost. Genießt froh ein Gläschen, denkt:
Papperlapapp, denn keiner wird jünger, jeder Lack bröckelt ab!!!*

Etwas grau, aber noch nicht kahl, doch die Jugend war einmal. Und was nutzt jetzt das Gewimmer, lieber Freund, es kommt noch schlimmer: Haare wachsen aus den Ohren, der Geruchsinn geht verloren, dabei hast du noch zu kämpfen, um den Nasensatz zu dämpfen, der sich an der Spitze sammelt und als Tropfen runter bammelt. Flach und trüb wirkt die Pupille durch die scharf geschliffene Brille. Du bekommst Parodontose, deine Zähne werden lose, schmerzhaft wie sie einst gekommen, werden sie dir rausgenommen. Schweigen wir von Nierenschmerzen, von dem starken Klopf am Herzen, von dem Magen, diesem Hund, keinesfalls ist er gesund. Unten wird die Bauchwand faltig, der Urin ist zuckerhaltig. Der Popo, einst straff und rund, leidet stark an Muskelschwund. Wenn dir mal ein Wind entfleucht, wird dir gleich die Hose feucht. Und des Mastdarms volle Falten können kaum den Stuhlgang halten. Oftmals stören deinen Frieden walnussgroße Hämorrhoiden. Und die sogenannte gute, vielgepriesene Wünschelrute hängt als leicht gekrümmter Schlauch unterm wohlgenährten Bauch. Nur zum Pinkeln lediglich dient der Schnippeldillerich, und er ist an dieser Stelle wahrlich keine Freudenquelle. Und deine holde Weiblichkeit wittert dies und weiß Bescheid. Schonungslos kommt sie zum Schluss, er ist sittsam, weil er muss. Doch trotz allem, lieber Knabe, bring ich dir als nette Gabe - Wünsche für das nächste Jahr Dein Urin sei wieder klar, alle Glieder solln sich straffen, du sollst klettern wie die Affen, kurz, du sollst zum Playboy werden, viele Jahre hier auf Erden !

Tapfer Leben, Schaffen, Streben, das ist Segen ohnegleichen, nicht ein jeder kann's erreichen. Von der 70, diese Zaubersieben ist eine Zahl, die muss man lieben. Schau ins Märchen einen Blick, 7 heißt dort immer Glück. 7 Geißlein, 7 Raben, 7 köstlich kecke Schwaben. 7 aus dem Zwergenreich, 7 gar auf einen Streich. Auch bei alten Schäferleuten tut die 7 viel bedeuten. 7 Kräuter sind von Nöten, dass sich blasse Wangen röten. Schaut man sich im Altertum nach der Zaubersieben um, ist sie überall zu finden, ihre Macht uns zu verkünden. Mond und Sonne keine Frage, jede Woche 7 Tage. 7 Wunder hat die Welt und sogar am Himmelszelt, strahlt die hohe Sternensieben, feurig auf das Schwarz geschrieben. 25 tausend Tage voller Lust und voller Plage. 6 mal 100 tausend Stunden, wie viel Freuden, wie viel Wunden. 70 Jahr – ein langes Leben und nun heißt es weiterstreben. Immer höher, immer weiter, bis zur letzten Sprosse heiter! Wann sie kommt weiß Gott allein, möge er gnädig mit uns sein.

Gedanken an Dich

In Deinen Armen liegen und wissen,

nicht bleiben zu können.

In Deinen Augen zu versinken und wissen,

wieder auftauchen zu müssen.

In Deiner Nähe ertrinken und wissen,

doch nicht daran zu sterben.

Sich Dir öffnen können und wissen,

nicht ausgeraubt zu werden.

Das mag wohl Liebe sein.

Gedanken zum Zusammenleben

Ein Bild,

dass lange in einem

Zimmer hängt,

hast du oft angeschaut,

kennst es

in allen Einzelheiten.

Ein Mensch,

mit dem du lange

zusammen lebst -

haust auch ihn oft angeschaut,

kennst ihn

mit allen Eigenschaften.

Das Bild

kannst du lange links hängen lassen;

es ändert sich nie.

Den Menschen

musst du stets beachten

und neu sehen;

er ändert sich ständig.

Gedanken

Leben - ist das nicht ein schönes Wort

Ich möchte es tun, egal an welchem Ort.

Ist es nicht schön mit anzusehen

Wie Sonn und Mond auf- und untergehen?

Ist's nicht das, was Leben ist

Ist doch egal, wer und was Du bist.

Ich wünschte nur, es wäre so schlicht

Denn ich glaube, Freude ist das nicht

Was mich treibt zur Tageslast

Und mich leben lässt in all der Hast.

Das mich ertragen lässt die Pein,

Oder einfach lässt mich sein.

Gedicht auf die Freundschaft

Freunde helfen einander. Sie verstehen.

Sie scheuen keine Mühe. Sie halten Deine Hand.

Sie bringen Dir ein Lächeln, wenn Du es gerade brauchst.

Sie hören zu und vernehmen,

was zwischen den Zeilen gesagt wird.

Sie nehmen Anteil. Und sie sagen Dir,

dass sie Dich in ihre Gebete einschließen.

Freunde machen immer genau das Richtige.

Sie können einen ganzen Tag verwandeln,

indem sie etwas sagen, was niemand sonst gesagt hätte.

Manchmal haben Freunde das Gefühl,

dass sie eine geheime Sprache sprechen,

die andere nicht verstehen.

Freunde können Dich führen, Dich inspirieren,

Dich trösten oder Dein Leben mit ihrem Lachen aufheitern.

Freunde verstehen Deine Launen

und gehen auf deine Bedürfnisse ein.

Freunde spüren liebevoll, was Du gerade suchst.

Wenn Deine Gefühle tief aus deinem Innersten kommen

und von jemandem angesprochen werden müssen,

vor dem Du Dich nicht verstecken musst,

dann teilst Du sie ... mit Freunden.

Bei guten Neuigkeiten wendest Du Dich zuerst an Freunde.

Wenn Gefühle dich überwältigen,

und Tränen vergossen werden müssen,

helfen Dir Freunde hindurch.

Freunde bringen Sonnenschein in Dein Leben.

Sie wärmen Dein Leben mit ihrer Gegenwart,

ob sie ganz fern oder nahe sind.

Freunde sind ein Geschenk, das Dir Glück bringt,

und ein Schatz, der nicht mit Gold aufzuwiegen ist.

Gefühlschaos

Du fragst mich was ich will, ich kann es dir nicht sagen,

ja ich will so viel. Es tut weh,

wenn ich Dich so vor mir stehen seh. Aber sollte ich Dich belügen?

Sollte ich Dich lieber einfach nur in meinen Gedanken betrügen?

Ja, er steht zwischen uns, Ja, ich vermisse ihn, die Zeit,

bitte versteh, ich kann ihn nicht vergessen, für eine Beziehung

bin ich noch nicht bereit. Ich habe versucht sein Lachen zu vergessen,

Ich habe versucht seine dummen Sprüche zu vergessen,

Ich habe versucht ihn zu vergessen,

Ich habe versucht nicht vorm Telefon zu sitzen wie besessen.

Ja, ich gebe zu, die Beziehung war nicht das Beste, doch es zählt

nur das Gute und nicht das Schlechte.

Und Du schaust mich an mit Tränen im Gesicht,

und Du fragst mich ob ich zu ihm zurückwill,

doch ich weiß es nicht, ich weiß nur er bedeutet mir noch sehr viel.

Ich weiß nicht wen ich will

Gerechtigkeit

Ich sah ihr lächeln,
doch ich wusste, dass sie trauerte!

Ich sah sie tanzen,
doch ich sah auch, dass sie weinte!

Ich sah in ihr Gesicht
und in ihre wunderschönen Augen
spiegelte sich all das Leid,
die Verzweiflung und all die Wut

Ihr Name war Gerechtigkeit
und ihre Tränen aus Blut!

Hin und Her

Hin und Her.

Entscheiden, das ist schwer.

Ich weiß nicht, was ich machen soll.

Ich find' das alles gar nicht toll.

Hin und Her.

Entscheiden, das ist schwer.

HOCHGEFÜHL

Du gibst mir das Gefühl wertvoll zu sein.

Du gibst mir die Zuneigung, die ich brauche.

Du hast die nötige Geduld für mich und unsere Liebe.

Du fängst mich immer wieder auf, wenn ich nicht mehr kann.

Du liebst mich so, wie ich bin.

Für dies alles bin ich dir unendlich dankbar.

Ich liebe dich!

Hoffnung

Dein Bild an der Wand
erinnert mich an Dich.
Hinterher sehe ich vieles anders,
vieles durch eine rosarote Brille,
mische meine Träume mit der Vergangenheit,
und werde immer wieder
brutal in die Realität zurückgestoßen.

Die Hoffnung gibt mir Leben.
Hoffnung,
dass mich ein Lächeln irgendwann wieder
nicht mehr so viel Kraft kostet, Konzentration,

dass ich eines Tages
wieder mit einem Lächeln einschlafen kann.

Höre mich

Ein Schrei nach Liebe - unerhört

Der Pfeil, der traf, sitzt tief.

Das Empfinden nur das Leben stört,

Und alles aus den Seelen lief.

Der Schrei im Dunkeln - unerkannt.

Die Liebe bahnt sich ihren Weg ins Hell.

Wer dem Gestern gibt die Hand.

Verirrt sich heute ach so schnell.

Ein Schrei zerreißt die tiefe Stille,

Der, der schreit, will nicht mehr ruh'n.

Alles, was geboren, war Gottes Wille.

Der Schrei der Liebe kann nichts tun.

Die Liebe lässt mich schreien laut,

Und ich schreie - doch ich weine nicht!

All die Wut tief in mir aufgebaut,

Doch kein Mensch will hören mich.

Huhn bleibt Huhn,
Mensch bleibt Mensch,
auch wenn wir uns
manchmal verkleiden,
verstecken,
finden wir doch
immer wieder
zu uns selbst zurück,
manchmal
ohne es zu wissen,
manchmal
bemerken wir es erst später,
manchmal
zu spät

Ich bin allein

Ich bin allein, führe ein intensives Gespräch. Nein, verrückt bin ich nicht. Und doch sitze ich vor dem Spiegel und diskutiere mit mir, mit mir allein. Mein Gespräch scheint das zweite Ich zu interessieren, es spricht hastig, versucht mich in dieser Debatte für sich zu gewinnen. Seine Worte vereinnahmen mich. Ich höre zu, höre zu und schweige mir ins Gesicht.

Mir scheint als schwimmen wir, ja wir schwimmen in einem hastigen Strom, meine Worte reißen mich mit. Das Bild artikuliert, ich kann den Blick nicht von meinem Gegenüber lassen. Ich bin gebannt. Höre auf zu diskutieren und schwimme nun nicht mehr gegen diesen reißenden Strom, ich schwimme mit in die Gedankenlosigkeit, lasse meine nun wieder einsetzende Gesprächsbereitschaft treiben, treiben in ungewisse Richtungen.

Da sitz ich noch immer fasziniert, obwohl sowohl die meine als auch die Stimme des Spiegels längst erloschen. Nur langsam reiße ich mich aus diesem Bann, fahre mir mit gespreizten Fingern durch mein Haar. Das Bild ist weg, nur das Gespräch scheint zu verharren, wie dickflüssiger Sirup.

Das Gespräch verklebt mein Herz, ich stehe auf, langsam, bedächtig, suche, weiß nicht was ich suche, doch finden tu ich meinen heißgeliebten Füller. Er liegt dort, schlicht und unauffällig, bemerken tu ich ihn doch. Hebe ihn auf und fange an zu schreiben über meine nun verschollene Spiegelseite.

Ich bin ein Roboter

Ich bin ein Roboter, ein R85i.

Ich blute nicht. Ich weine nicht. Ich fühle nicht. Weiß nicht einmal, was es heißt zu bluten, zu weinen, zu fühlen.

Ich bin programmiert darauf die Menschen zu verarzten, ihnen die Wunden zu verbinden, ihnen Morphium zu spritzen, die Toten in die Massengräber zu karren.

Sie schreien, Schreie, die wohl tief aus dem Herzen kommen, die tiefer als die Unendlichkeit sein müsse, doch ich arbeite weiter, stumm.

All das Blut auf den Pritschen der Verblutenden, sie haben keine Tränen mehr. Sind genauso tränenlos wie ich. In ihrem schon vom Tode trüben Blick sehe ich dieses nicht erloschene Verlangen nach Leben, welches ich nie verstand, nie hatte und nie haben werde. Ich verspüre kein Verlangen danach sie zu trösten, sie ruhig dem Tod zu übergeben, denn ich bin nicht programmiert auf fühlen. Nur monoton ohne Grund Leben „retten", zumindest retten, was noch zu retten ist. Sie sterben mir dahin. Und ich habe kein Programm, um ihnen wenigstens eine Träne, eine Miene des Trostes oder des Mitleidens zu schenken.

Ich bin grau, unansehnlich, habe keine wirklichen Züge, keinen Knopf zum Lächeln. Laufe durch die Reihen der Angeschossenen, der Sterbenden, der Verblutenden, sehe sie und erfasse sie, identifiziere sie als Menschen, kranke Menschen, sterbende, angeschossene, verblutende Menschen, mit Hilfe meines Chips. Nähme man mir jenen heraus, so würde ich sie nicht erkennen, nicht einordnen, nicht beachten. Und sie müssten alle sterben.

...

Wie man mich doch manipulieren kann.

Der Mann in der Ecke, dem ich eben Morphium spritzte, ist ruhig, sein Blut ist geronnen. Die Kugel saß zu tief, riß ihm langsam sein Herz entzwei. Ich konnte nicht mehr helfen, konnte ihm nur seine Schmerzen nehmen, sie lindern, eine stille Weile. Und doch ist er tot, da liegt er mit einem in zwei gerissene Herzen, welches vielleicht schon vor langer Zeit aufgehört hat zu schlagen.

Eine Träne rinnt aus meinem Glasauge, mein blechernes Gesicht hinab.

Ich WEINE. Ich fange mit meinen schrecklich kalten Metallfingern diese Träne auf. Da liegt sie nun in meiner Hand, warm glitzernd. Lebe ich?

Ich bin mir meiner
Seele in Deiner
Nur bewusst,
mein Herz kann
nimmer ruh`n,
als nur an Deiner Brust.
Mein Herz kann
Nimmer schlagen,
als nur für Dich allein.
Ich bin so ganz
Dein eigen,
so ganz auf immer Dein.

Ich bin zurzeit auf einen Selbstzerstörungstrip und auch du bist eine Haltestation auf dieser Route.

Ich will hier nicht romantisch sein und auch kein Arsch ich will nur sagen was ich denke und wenn du jetzt dann gleich denkst "komm mir nur nicht mehr unter die Augen du Wickser dann muss ich damit leben.

Daher möchte ich dir etwas mitteilen und ich denke ich kenne eine mögliche Reaktion daraus und auch was die Folge ist.

Früher konnte dich nie gut leiden, nein fand dich auch immer arrogant, und du spielst diese Rolle auch ziemlich gut, aber ich kenn dich nun auch lange genug um zu wissen das dem nicht so ist. Du bist weicher als du zu geben magst.

Und ich muss dir sagen, egal wie oft ich dich seh, möchte ich gern etwas sagen oder machen. Sei es, deinen Hals küssen, dich liebevoll berühren oder nur mal in die Augen schauen, aber dich interessiert es nicht. Du empfindest halt nicht wie ich. Und das ist auch okay.

Ich will es nur mal loswerden, ohne eine Reaktion zu provozieren. Will dir sagen, dass ich dich mag.

Was heißt das genau? Ich weiß nicht, ich würde gern mehr, weiß nicht für einmal oder für mehr. Ich glaube über längere Zeit würde es eh nicht gutgehen und es wäre für mich okay.

Wollte es dir sagen, weil es mich immer wieder beschäftigt und mich belastet, nun ist es raus und ich kann damit umgehen, wenn du nun bös auf mich bist ist das in Ordnung.

Also ich sag es nun ein letztes Mal dann lass ich dich für immer in Ruhe. Ich würde dich gern küssen wollen, an einem Ort den niemals jemand erfahren würde. Ich würde auch gern ein kuscheliger Abend mit dir verbringen, dich berühren reden und ja auch mit dir schlafen wollen, alles wäre erlaubt.

Alles ganz heimlich. Bin kein Mensch der mit Eroberungen prahlen muss. Ich will dich einfach. Punkt.

So mit diesen Worten lass ich dich nun in Frieden.

Ich bin

Bin durchlöchert, von Liebe zerfressen,
kann dich auf nimmer mehr vergessen.

Bin durcheinander, von Gedanken geplagt,
kann noch nicht glauben, dass dein Charakter all dies Wirrwarr überragt.

Bin durch Einsamkeit von fern, die dich hält
noch nicht verloren für diese Welt.

Bin durch Macht von deinem Banner gefangen
und kann doch noch nach Luft rangen.

Bin durch Träume von dir gestolpert
und wurde durch Ungewissheit gefoltert.

Bin durch Qualen von anderer Hand
in deine Welt gelangt.

Bin durch Faszination von ‚sein und nicht sein‘ gehalten
und versuch‘ meine Gedanken zu entfalten.

Ich habe Dich geliebt

Ich habe Dich geliebt

Doch du tötest mich!

Ich weiß nicht warum,

aber du tust mir so weh

dass ich es nicht versteh!

Du bringst mich zum Schrein

und fühlst gut dabei!

Ich möchte Dich fragen:

WARUM, WAS HABE ICH GETAN DAS DU MICH SO VERLETZT??????

Ich bin so verletzt, dass das ich nicht mehr denken kann!

Sag mir warum!

Was habe ich getan?

bin so ein schlechter Mensch das du das mit mir machen musst?

Ich liebe Dich immer noch so sehr aber ich versteh die Welt nicht mehr

Ich kann fliegen

Ich kann fliegen,
fange mit kleinen Sprüngen an,
mache immer größere Sätze,
genieße es, immer höher zu springen,
zu fliegen
freue mich auf die Landung,
setze sofort zum nächsten Sprung an,
fliege immer weiter!

Plötzlich,
stoße an eine Hochspannungsleitung,
hoffentlich passiert nix,
jetzt nur ruhigbleiben,
Glück gehabt!

Ich springe noch weiter,
aber mit kleineren Sätzen,
und schaue vorher öfter mal nach oben.

Ich könnte

Ich könnte
- Bäume ausreißen,
- alle Menschen küssen,
- die Welt umarmen,
- ausflippen,
- einfach glücklich sein .
Ich könnte
- im Himmel schweben,
- im Feuer frieren,
- unter Wasser atmen,
- lachen,
- nur noch schreien.
Ich könnte
- so viel
Doch eigentlich
wollte ich Dir nur sagen,
dass ich Dich liebe
und das
kann ich nicht.

Ich sehe dich

Ganz nah gehst du an mir vorbei,

ich sehe dein Lächeln und deine wunderschönen Augen.

Doch bevor ich etwas zu dir sagen kann,

bist du vorbei und ich kann nur dem wunderschönen Moment
nachtrauern,

in dem ich hätte mit dir reden können.

Ich wusste ja, dass ich Dich vermissen würde...

Wenn einem so viel an einem Menschen liegt,

wie mir an Dir, dann ist es schwer,

sich an eine Trennung zu gewöhnen.

Ich dachte zuerst, ich könnte sie leicht ertragen

und damit zufrieden sein, nur an Dich zu denken.

Aber es ist doch nicht immer so einfach.

Manchmal würde mich Deine Anwesenheit allein

schon glücklich machen.

Ich wusste, dass ich Dich vermissen würde.

Ich wusste nur nicht, wie sehr.

Ich

Manchmal möchte ich alleine sein,
nachdenken,
zur Ruhe kommen,
einfach nur daliegen und entspannen,
den Kopf leer bekommen, das Karussell anhalten.
Dann geht's mir gut, dann kann ich mich verstehen.
Immer möchte ich das tun, was mir gefällt,
immer möchte ich wissen, was mir guttut,
möchte mich überreden lassen, überzeugen,
möchte meine Zeit für mich finden.

Manchmal möchte ich unter vielen Menschen sein,
ausflippen,
neue Leute kennenlernen,
Spaß haben, lachen, Spaß machen,
einfach so Quatsch reden, Blödsinn machen.

Manchmal möchte ich ernst sein,
mit Dir über die ganze Welt reden,
über Gefühle, andere Menschen, über uns,
Gespräche führen, die mehr bedeuten
als nur die Zeit totzuschlagen.

Manchmal möchte ich still sein,
still mit Dir,
wissen, dass ich nicht reden muss,
kein Held spielen,
einfach nur Dich spüren, uns spüren,
die Wärme genießen,
und wissen,
dass wir alle Zeit der Welt haben.

...

Manchmal gehe ich unter,
im Stress,
vergesse mich, vergesse andere,
versuche, alles gleichzeitig zu tun
und mache alles falsch,
fahre Karussell im Kopf,
und weiß nicht mehr wer ich bin.

Manchmal möchte ich alleine sein,
manchmal unter Menschen,
manchmal möchte ich ernst sein,
manchmal möchte ich still sein,
manchmal gehe ich unter.
Das war mein Leben,
das wird mein Leben sein,
das bin ich.

In Selbstmitleid zerflossen

Wie viele Stunden hat ein Tag?

Als ich klein war, wünscht ich groß zu sein,

Weißt Du, wie es ist, wenn Dich keiner mag,

Nur, weil sie groß sind und Du bist klein?

Honigklar - Mir scheint, ich weiß warum.

Eines weiß ich seit dieser Zeit bestimmt.

Der Mensch kann klug sein oder dumm,

Wenn er Liebe zeigt, er stets gewinnt.

Ein Haus am Meer mit Boot und Steg:

Gingst Du von mir oder ich von dannen,

Glaubst Du mir? Ich kannte keinen anderen Weg;

Und viele halten Fichten glatt für Tannen.

Ich bin kein Mann mit Anzug oder Hut

Trotz allem, was ich vorzuwerfen habe,

Warst Du es doch (eine von zehn ist immer gut),

Drum finde ich es meistens um alles schade.

IST ES LIEBE?

Ist es nicht Liebe, wenn ich spüre,

dass Du mich verstehst, ohne ein Wort zu gebrauchen?

Aber ist es nicht Liebe, wenn du mir tief in die Augen schaust und ich vor lauter Glück die Welt umarmen möchte?

Oder ist es nicht Liebe, wenn ich wach im Bett liege und von gemeinsamen Stunden träume?

Ich weiß es nicht und frage dich.

Kopf voll

Kopf voll.

Bauch leer.

Bin aufgewühlt.

Es ist so schwer

in Sicherheit

durch Dunkelheit.

Alles ist verzerrt.

Find keine Ruhe

obwohl ich nichts tue.

Hab kein Verständnis

für mein Bedürfnis.

Seele im Bauch

nur Schall und Rauch?

Kann sie nicht finden.

Muss mich winden

wie ein Regenwurm

im Sturm.

Kostbar,

zerbrechlich,

wunderschön,

es liegt vor mir –

zum greifen nah' –

und doch so fern.

Berührt hat es mein Herz,

bei jedem Schlag,

an jedem Tag,

in jeder Minute und Sekunde,

an der ich mein Schmuckstück denke.

Die Entfernung ist für mich wie eine

verschlossene Tür,

doch bald -

werde diese Tür durcheilen-

mich beeilen-

das Schmuckstück fassen –

und ganz nah' bringen an mein Herz,

dass sich so nach diesem Schmuckstück sehnt.

Ich wache an der Tür,

passe auf,

dass niemand das wunderbarste der Welt mir stiehlt,

in das ich bin so unfassbar verliebt.

Kann den Tag kaum erwarten,

an dem ich kann wandern –

durch diese Tür –

dir mich führt zu Dir - für immer.

Ich vermisse Dich,

wäre jetzt gern' bei Dir –

ich liebe Dich

L(i)eben in Freiheit

Lange hab ich nachgedacht,

über das was ich hab falsch gemacht,

Kraft hoff ich wird mir das geben,

freier zu sein in meinem Leben

und wünsch mir eins, dass Du mir wirst glauben,

ich will Dir nie mehr deine Freiheit rauben.

Will Dich nur lieben und immer ehren,

Dir nicht dein eigenes Ich verwehren.

Mit Rosen möcht ich Dich beglücken,

und deine Seele nicht erdrücken.

Sollst wissen ich bin für Dich da,

wenn Du mich brauchst dann bin ich nah.

Geb Dir gern Wärme und Geborgenheit,

und wenn ich darf ein bisschen Zeit,

gerne auch mehr ich hör Dir zu,

wenn Du das magst, wenn nicht dann laß ich Dich in Ruh.

Ernst will ich deine Wünsche nehmen,

ohne Erwartungen daran zu kleben.

Zärtlich möcht ich Dich berühren,

ohne Angst dabei in Dir zu schüren,

vor allem jedoch mit dem Herzen,

ein Zauber wie von tausend Kerzen,

soll Freude bringen in dein Leben,

und Glück für deine Seele geben.

Ich möcht Dir jeden Tag erhellen

ohne Forderungen dafür zu stellen.

Bitte schenk mir Dein Vertrauen,

ich mein es Ernst, kannst auf mich bauen.

Ich wart auf Dich. Bist Du bereit?

für Dich und mich zu l(i)eben in Freiheit.

Der Duft Deiner Haut...
Das Funkeln Deiner Augen..
Der Gang Deiner Beine...
Das sanfte Grauen in Deiner Stimme...
Ich vermisse die Gänsehaut auf dem Rücken...
Bei der Berührung Deiner Hand...
Wo bist Du?

Land der Träume (I)

Sitze hier,

denke nach und träume,

sehe es vor mir, tauche ein,

in ein unbekanntes Land –

in ein Land, in dem noch keiner war.

Die Bilder –

sie rauben mir den Verstand.

Wunderschön ist's da,

keine Probleme,

niemand macht sich zum Narr.

Ich durchwandere die Täler der Phantasien,

erklimme die Berge der Freuden,

schau' umher und sehe in die Ferne,

sehe wie alles könnte sein,

doch der Gedanke an die Realität –

er macht mich pein.

Ein letzter Blick in die schöne Welt.

Ich mach' kehrt und komme zurück,

dorthin, wo mich oft wieder vieles quält.

Doch morgen bin ich wieder da,

steige auf den höchsten Berg –

schaue weit in das unbekannte Land:

Das Land der Träume.

Land der Träume (II)

Sanft liegt das Land vor mir,

Dunst und Nebel umhüllt die Hügel und Täler.

Der Sonnenschein glitzert durch die Berge,

spiegelt sich in den Seen.

Ein schöner Anblick,

ein Trost,

ein Gefühl - grandios,

ein schönes Land.

Ein Eisvogel stößt durch das ruhige Gewässer,

angelt sich einen Fisch.

Der Lauf der Natur,

den Fisch hat's erwischt.

gleichmäßig glätten sich die Wogen des Sees,

Minuten später –

ist keine Spur mehr davon zu erkennen.

Ein Traum,

eine Trasse?

Gleich, wie dem Nebel im Tal,

vernebelt – fühle ich meine Gedanken,

gleich fühle ich mich der Natur,

doch zu sehen von mir -

Minuten später - keine Spur.

Erwachen!

Zurück - in die Realität gerissen,

wieder gefangen,

von den alten Bildern,

gefangen wieder,

von den alten Träumen,

was werde ich nun versäumen?

Zurück,

der Wunsch -

nach dem schönen Tal,

nach dem Traum - der Trasse?

Sanft kullert eine Träne über die Wange,

trauere dem Land hinterher –

will wieder dort sein,

und doch auch hier –

im Land der Träume,

das wünsch' ich mir.

Leiden

Kennst Du Leiden, kannst Du Leiden?

Leiden kann jeder.

Aber sich im Leid suhlen, das Leid annehmen, darüber hinwegkommen

und den kurzfristigen Triumpf über das Leid, der nur darin besteht,

es aufrecht ertragen zu haben, als Glück zu sehen. Nur um sich bald

neuen Leiden, hinzu -, nicht aber zu ER geben, ...das will gelernt sein.

Was Leiden angeht glaube ich, kann ich ein Text schreiben, oder zehn,

oder zwanzig .... hee .... aber ich stehe noch.

Jedenfalls kommt es mir manchmal so vor, als würde ich das Leid suchen,

nur um es zu überwinden, und darüber schreiben zu können.

Vielleicht ist es aber so, dass das Leid mich sucht, und ich darüber

schreibe, weil es nur so zu überwinden ist.

Das Leid wird Erträglicher, wenn es festgehallten wird. Wenn auch

nur in Worten und Gedanken.

Ich habe weniger Leid, wenn es geteilt wird, ... wenn auch nur

" Mitgeteilt „.

Vielleicht stimmt es, das geteiltes Leid, halbes Leid ist, ...
Vielleicht ist es aber, wie so vieles andere auch, einfach nur Lüge.

Wie auch immer .... Ich möchte Dir Danken, das du mir erlaubst, mein
Leid mit dir zu teilen. Du trägst damit mein Päckchen ein Stückchen
mit mir und erleichterst meine Last.

Wenn meine Texte dich begleiten, wehrend du deine Leiden erträgst
und sie für dich Zeuge deiner Leiden sein können, wie sie für mich,
Zeuge meiner Leiden sind. Wenn sie Dir nur in einem Moment Trost
sein
können, wie sie sie mir in so manchen Momenten Trost sind.
Dann sind wir in diesen Texten, fester miteinander verbunden, als
es die meisten Verwanden, jemals sein werden.

Oder ... das sind meine Leser, meine rechten Leser, meine
Vorherbestimmten Leser. Was liegt mir am Rest?
Der Rest ist nur die Menschheit. Man muss der Menschheit überlegen
sein, durch Kraft ,durch öde Seele ,durch Verachtung .

Ich werde nicht aufhören meine Leiden in Texte zu fassen, bis meine Leiden

mir endlich das Rückrad brechen, ich zu Boden falle und sich die

Menschheit auf mich stürzt.

Doch selbst wenn es soweit ist, wird niemand verhindern können, das

neue Menschen aus diesen Texten Trost, Mut, Hoffnung und Kraft

schöpfen.

Unter diesen Menschen wird immer einer sein, der bereit ist, dieser

Welt mit fester Stimme „.....seinen Schmerz „.....seine Leiden ,

.....seine Verachtung und seinen Namen Entgegenzuschleudern .

Das soll mir Trost sein ....

In diesem Sinne ....

Liebe braucht keinen Grund

Ich liebe Dich nicht
weil Du so schön bist,
ich liebe Dich nicht
weil du so nett bist,
ich liebe Dich nicht
weil Du so zärtlich bist,
ich liebe Dich nicht
weil Du so klug bist,
ich liebe Dich nicht
weil Du so lustig bist.

Ich weiß nicht
warum ich Dich liebe.
Liebe braucht keinen Grund!
Ich liebe Dich.

<u>WAS LIEBE IST</u>

Liebe ist nicht, den anderen zu bedrängen,

zu ändern, zu besitzen. Liebe ist nicht,

den anderen einzusperren, Gefühle zu heucheln und zu belügen.

Liebe ist nicht die Angst vor dem Alleinsein,

sondern das Streben nach Gemeinsamkeit.

Liebe ist den anderen zu akzeptieren, zu bewundern und auch

versuchen zu verstehen. Liebe ist gemeinsame Ziele und

Wünsche zu haben und die Vorstellung diese vereint zu realisieren.

Liebe ist auch immer das Risiko verletzt zu werden,

aber auch das Gefühl, davor keine Angst haben zu müssen.

Liebe kann nur in Ihrer vollen Pracht genossen werden, wenn man bereit ist,

bedingungslos zu lieben.

Liebe ist Offenheit und die Fähigkeit mit dem anderen zu reden;

auch und gerade wenn es schwer ist. Liebe ist den

anderen zu spüren und zu genießen, neben ihm einzuschlafen

und aufzuwachen. Liebe ist die Geborgenheit, wenn man sich

im Arm hält, beide intensiv fühlen und keiner etwas sagt.

Liebe ist das Gefühl, welches das Leben wunderbar macht.

Wenn man wahrhaft liebt darf man verlangen,

was man selbst bereit ist zu geben: ALLES.

Liebe...

Es schmerzt, jemanden zu lieben und nicht zurückgeliebt zu werden, aber was am meisten schmerzhaft ist, ist jemanden zu lieben und niemals den Mut zu finden, der Person zu sagen, was du für sie empfindest.

Vielleicht möchte Gott, dass wir zuerst einige falsche Leute treffen, bevor wir den Richtigen finden.

Dann sollten wir dankbar für das Geschenk sein.

Eine traurige Tatsache im Leben ist, dass du jemandem begegnest, der dir viel bedeutet, um am Ende herauszufinden, dass ihr nicht für einander geschaffen seid und du loslassen musst. Wenn sich eine Tür der Freude schließt, dann öffnet sich eine neue, aber allzu oft schauen wir so lange auf die geschlossene Tür, dass wir gar nicht sehen, wie sich eine andere Tür für uns geöffnet hat.

Der beste Freund ist jemand, mit dem du auf der Veranda sitzt und schaukelst, ohne ein Wort zu sagen und wenn du gehst, das Gefühl hast, es sei die beste Unterhaltung, die du jemals hattest.

Es ist wahr, dass wir nicht wissen, was wir haben, bis wir es verlieren, aber es ist auch wahr, dass wir nicht wissen, was wir vermissen, bis es erscheint. Jemandem seine ganze Liebe zu geben ist niemals eine Garantie zurückgeliebt zu werden. Erwarte keine Liebe als Gegenzug, warte bis sie in den Herzen der anderen wächst. Aber wenn sie es nicht tut, so lasse sie in deinem Herzen wachsen und gedeihen. Es gibt Dinge, die du hören willst, aber du wirst sie niemals von der Person hören von der du sie hören willst!

Aber sei nicht taub den Worten gegenüber, die jemand mit seinem Herzen sagt.

Sag nie: "good bye!", wenn du es noch versuchen willst, gib nie auf, wenn du denkst, du kannst es noch schaffen, sag nie, du liebst jemanden nicht mehr, wenn du nicht loslassen kannst.

Die Liebe kommt zu denen, die immer noch hoffen, obwohl sie enttäuscht wurden, zu denen die immer noch glauben, obwohl sie verraten wurden, zu denen, die Liebe brauchen und zu all denen, die immer noch lieben, obwohl sie verletzt wurden.

Es dauert nur eine Minute, sich in jemanden zu verlieben, eine Stunde, um jemanden zu mögen und einen Tag, um jemanden zu lieben.

Dagegen dauert es ein Leben lang jemanden zu vergessen. Gehe nicht nach dem Aussehen, es kann täuschen .Gehe nicht nach dem Wohlstand, der ist nicht von Dauer. Suche lieber jemanden, der dich zum Lachen bringt, denn nur ein Lächeln lässt den dunkelsten Tag heller erscheinen.

Hoffentlich findest du diese Person.

Liebe

Liebe ist ein schönes Wort,

doch oft gebraucht am falschen Ort.

Das Gefühl, jemanden wirklich zu lieben,

ist mehr, als nur gefolgt von sexuellen Trieben.

Wenn man an einen Menschen denkt,

und ihm alle Freuden schenkt,

wenn man Leid mit ihm durchsteht,

ihm vertraut, wohin er auch geht,

wenn man sich in den Armen liegt,

und sich dann geborgen fühlt.

Wenn man nicht schlafen kann,

weil die Sehnsucht einen besiegt,

zu fühlen, dass es nur diesen Menschen für dich gibt,

das ist:

Wahre Liebe

Liebe

[englisch: love = Liebe, französisch = je t'aime]

Frag' mal deine Freunde und Freundinnen, was für sie Liebe ist. Wetten, daß jeder etwas anderes sagt. Ist auch klar, schließlich hat jeder andere Gefühle, wenn er jemanden liebt oder an Liebe denkt. Für die einen ist das Verlieben das tollste, glücklichste Gefühl überhaupt - allein dieses Kribbeln im Bauch. Hauptsache, man ist mit dem geliebten Menschen zusammen. Man fühlt sich geborgen und möchte am liebsten alles zusammenmachen. Sex kommt da erst an zweiter Stelle. Für andere sind Sex und Liebe das gleiche, oder sie glauben, daß Liebe nur durch Sex bewiesen werden kann. Und dann gibt es noch eine ganz andere Art von Liebe: Sei es nun die Liebe zwischen Eltern und Kindern, zwischen Geschwistern oder guten Freundinnen und Freunden. Und so ist es auch zu erklären, daß die meisten Menschen mehrere Personen lieben: z.B. den Partner bzw. die Partnerin, die Eltern und die beste Freundin - diese Lieben sind konkurrenzlos, da man sie nicht miteinander vergleichen kann. So schön Liebe auch ist, aber so leicht ist es für manche Liebenden nicht. Was, wenn die Person, in die man verliebt ist, einen nicht ausstehen kann? Oder zwei sind ineinander verliebt und die Clique akzeptiert die neue Liebe nicht? Manchmal ist alles nicht so einfach. Häufig hilft dann aber ein Gespräch mit jemandem, dem man vertraut.

Liebe, was ist das?

Zu lieben bedeutet geliebt zu werden,

zu lieben bedeutet Vertrauen zu geben,

zu lieben bedeutet einander näher zu spüren,

zu lieben bedeuten für einander da zu sein,

zu lieben bedeutet auch zuhören zu können,

zu lieben bedeutet geben und nehmen,

zu lieben ist einfach wunderschön,

und zu lieben das ist ziemlich schwer.

All dies bedeutet Liebe und noch viel mehr,

und all dies vermisste ich bei Dir so sehr!

Hab versucht nicht zu denken an Dich,

hab versucht zu vergessen Dich,

doch was ich auch probierte und tat,

es gelang mir nicht bis zum heutigen Tag!

Zu tief sind die Gefühle in mir verwurzelt,

zu tief bist Du in meinem Herzen versunken,

zu tief bist Du bereits vorgedrungen,

zu tief um an was anderes zu denken;

zu tief, einfach nur viel zu tief.

Ich muss Dich aus meinem Gedächtnis streichen,

denn ich kann Dich nicht erreichen,

zu weit weg bist Du von mir,

und doch gehört mein Herz ganz Dir!!

Liebesbrief

Ich möchte dich lieben, ohne dich einzuengen,

dich wertschätzen, ohne dich zu bewerten,

dich ernst nehmen, ohne dich auf etwas festzulegen,

zu dir kommen, ohne mich dir aufzudrängen,

dich einladen, ohne Forderungen an dich zu stellen,

dir etwas schenken,

ohne Erwartungen daran zu knüpfen,

von dir Abschied nehmen,

ohne Wesentliches versäumt zu haben,

dir meine Gefühle mitteilen,

ohne dich für sie verantwortlich zu machen,

dich informieren, ohne dich zu belehren,

dir helfen, ohne dich zu beleidigen,

mich um dich kümmern, ohne dich verändern zu wollen,

mich an dir freuen, so wie du bist.

Wenn ich von dir das gleiche bekommen kann,

dann können wir uns wirklich begegnen

und uns gegenseitig bereichern.

Liebesgedicht

Wenn ich mir ne Freundin wähl,

dann wähl ich mir die Rechte,

denn unter 100 Freundinnen

sind 99 schlechte.

Alles bricht und alles fällt

mit dem Leben in der Welt,

wahre Freundschaft nur allein

soll bei uns unsterblich sein.

Wenn Teufel beten und Engel fluchen,

wenn Katz und Mäuse sich besuchen,

Wenn alle Mädchen keusch und rein,

dann hör ich auf dein Freund zu sein.

Wenn alle Ketten reißen,

wenn jedes Herz zerbricht,

wenn alle dich Vergessen,

ich vergiss dich nicht.

Solange das Feuer aufwärts brennt.

solange das Wasser abwärts rennt,

solange das Quellwasser fließt rein,

so lang wirst du meine Geliebte sein.

Rosen sind rot,

Veilchen sind blau,

das hübscheste Lächeln

hast immer noch Du!

Manchmal ...

Manchmal

möcht ich dir zeigen,

was ich denke.

Manchmal

möcht ich dir sagen,

was ich fühl.

Manchmal

möchte ich denken,

dass ich dich brauche -

nur ein bisschen

und viel zu viel.

Manchmal

möchte ich spüren,

was du denkst.

Manchmal

möchte ich hören,

was du fühlst.

Manchmal

möchte ich denken,

dass du mich brauchst -

nur ein bisschen,

soviel du willst.

Manchmal

möchte ich schreiben,

was du nicht liest.

Manchmal

möchte ich finden,

was es nicht gibt.

Manchmal

tue ich so,

als ob.

Dann,

nur in Gedanken,

bin ich verliebt.

Manchmal

Manchmal sitze ich einfach nur hier,

manchmal denke ich nur an Dich.

Manchmal wünschte ich, Du wärst hier,

manchmal bedaure ich mich.

Manchmal bin ich glücklich und lache,

manchmal ist die Welt rosarot.

Manchmal weiß ich nicht, was ich mache,

manchmal fühle ich mich wie tot.

Manchmal hoffe ich, dass Du mich liebst,

manchmal spüre ich Hoffnung in mir.

Manchmal merke ich, dass Du mich wegschiebst,

manchmal brennt Dein Feuer in mir.

Mein Herz ist zerrissen

Mein Herz ist zerrissen, du liebst mich nicht!

Du ließest mich's wissen, du liebst mich nicht!

Wiewohl ich dir flehend und werbend erschien,

Und liebesbeflissen, du liebst mich nicht!

Du hast es gesprochen, mit Worten gesagt,

Mit allzu gewissen, du liebst mich nicht!

So soll ich die Sterne, so soll ich den Mond,

Die Sonne vermissen, du liebst mich nicht!

Was blüht mir die Rose? Was blüht der Jasmin?

Was blühn die Narzissen? Du liebst mich nicht!

Mein Stern,

niemals wirst Du dieses lesen und wenn ja wirst Du nicht wissen das die Zeilen an Dich gerichtet sind. Du hast aufgehört für mich zu leuchten, hast aufgehört mir meinen Weg zu weisen, und das nach so kurzer Zeit, Ich dachte wir werden irgendwann zusammen glücklich, aber jetzt ist es in meinem Herzen dunkler als die Nacht, kälter als das Eis, Du hast mich betrogen und das obwohl Du doch erst so kurze Zeit mein Stern warst,

Du hast gesagt Du liebst mich und danach wurde alles anders. Eine Riesen Flutwelle kam langsam auf mich zu, aber doch so schnell das ich nicht mal Abschied von Dir, von uns nehmen konnte. Ich habe noch gehofft, das Du bei mir bleibst, dass ich Dir irgendwann verzeihen kann und Dir wieder Vertrauen kann, doch Du bist Dir Deiner Gefühle ja nun überhaupt nicht mehr sicher. Ich weiß nicht mal ob Du das jemals warst, ob Du jemals mein Stern sein wolltest oder nur eine kleine, immer weniger sichtbare Sternschnuppe, die nicht daran denkt Wünsche zu erfüllen, sondern ihren puren Egoismus zeigt und nur bewundert werden will, bevor sie nicht mehr sichtbar am Horizont verschwindet.

Du hast mir so weh getan, mich so verletzt und hilfst mir jetzt nicht mal mit dem Schmerz fertig zu werden, der sich wie Feuer in mein Herz brennt. Du brauchst ja jetzt Zeit für Dich um Dir klar darüber zu werden, wen Du liebst, ob Du überhaupt liebst und ich muss abwarten bis Du irgendwann sagst: Du bist die falsche. Ich bin dafür bestraft worden, dass Du mich betrogen hast und werde jetzt auf mein Urteil warten. Vielleicht ein Freispruch von Dir, vielleicht werde ich aber auch dazu verurteilt Dich zu vergessen was mir nicht gelingen wird, dafür liebe ich Dich zu sehr. Viellicht streckst Du mir irgendwann wieder die Hand aus, weil es Dir leid tut und Du mich liebst, doch dann hat die Flutwelle mich vielleicht zu weit weg getragen...

Mit Dir zusammen war es so schön,

Wir redeten und lachten über so manchen Scherz,

Hätte nie gedacht es könnt geschehen,

Doch Du bist drin in meinem Herz.

Du gehst mir nicht mehr aus dem Kopf,

Egal was ich auch tu,

Versuch mich abzulenken,

Doch ich find keine Ruh.

Ich kann nicht schlafen in der Nacht,

Denk nur an Dich den ganzen Tag,

Und überleg wie sag ich Dir

Wie sehr ich Dich doch mag.

Ich wünscht Du könntest fühlen welch Feuer in mir brennt,

Ein Feuer so gewaltig und dass man Sehnsucht nennt.

Bin glücklich jetzt im Augenblick, doch merke ich sodann,

Bedrückt mein Herz doch der Gedanke

Ich Dir es nicht sagen kann.

Meine Gefühle sollen nicht…

die Deinen überrennen.

Ein schnelles "Nein" als Antwort

Würde mein Herz verbrennen.

Drum schweige ich und leide still,

Obwohl ich Dir gern sagen will "Ich liebe Dich"

Und hoffe voller süßem Schmerz,

Einst zu sein in Deinem Herz.

Mit einem Blick von Dir
hast Du wieder Licht
in mein Leben gebracht
und mir einen wunderschönen Weg
nach vorne gezeigt!

Einen Weg,
den ich gerne mit Dir gehen würde.

Mit Herz und Verstand

Du hast die Kraft, Du hast die Macht

Nimm meine Hand und lass sie wieder los

Gib mir Dich und führ mich durch die Nacht

Lass mich träumen und gib mir einen Stoß!

Was Du auch tust, Du tust's für Dich

Frage Dich, ob ich es wirklich will

Ich bitte Dich, lass mich nicht im Stich

Ohne Dich - ja da ist es hier so still.

Bitte komm zu mir und geh fort von mir

Schließ meine Augen, ich will Dich sehn

Ich kann Dir trauen und träum von Dir

Lauf zu Dir, um wieder fort zu gehen.

Wieder so ein Tag, der Sorgen macht,

Noch ein Trauermoment vom Fließband

Nur eine weitere einsame Nacht

Ohne Herz und noch mehr Verstand.

Morgen

Morgen esse ich weniger, auf das ich schlank werde.

Morgen kaufe ich weniger, auf das ich mehr genieße.

Morgen zeige ich meine Gefühle, auf das ich geliebt werde.

Morgen ändere ich mein Leben, auf das ich glücklich werde.

Warum erst morgen?

Nachdem die Nacht über uns
hereingebrochen ist,
bist Du etwas früher aufgestanden,
hast mich brutal geweckt
und bist dann fortgegangen.

Ich habe mir noch die Augen
gerieben,
habe Dich dann überall gesucht
und nicht mehr gefunden.

Nacht

Ich geh allein, durch eine dunkle Nacht,

kein Licht weist mir den Weg.

Ich irre ziellos umher.

Weiß nicht wohin. Weiß nicht woher.

Die Nacht ist kalt. Es regnet.

Die Straßen sind nass.

Der Wind weht mir ins Gesicht.

Es ist kalt. Mir ist kalt.

Die Nacht ist schwarz.

Das einzige was mich am Leben hält ist die

Hoffnung auf Licht.

Ich habe das Gefühl es bleibt weiter

schwarz und kalt um mich.

Nennt man das Liebe auf den Ersten Blick???

War das Liebe auf den Ersten Blick als ich dich neben mir sah ???
Als du mich angesprochen hattest und wolltest meine Nummer ?
Als wir beide ins Gespräch gekommen waren und nicht mehr

auf hören wollten !
Doch dann du sagtest das du einen Freund hast , ich fragte nach wer ist
er,

wie alt ist er, woher ist er? Fragte dich über hin aus !
Du fragtest mich " Warum willst du das alles wissen?"

Ich sagte nur aus reiner Neugier, doch ich glaubte es war Liebe auf

denn ersten Blick, und er bestätigte wo mein Handy klingelte

und Ich deine SMS Lass.

Jetzt muss mir jemand nur beantworten,

Nennt man das Liebe auf den ersten Blick ???

Niemals .... Versuche niemals, alles zu verstehen -

manches wird nie recht viel Sinn machen.

Sträube Dich niemals, Deine Gefühle zu zeigen -

wenn Du glücklich bist, zeige es!

Wenn Du es nicht bist, finde Dich damit ab!

Scheue Dich niemals davor, etwas zu verbessern -

die Ergebnisse könnten Dich überraschen.

Lade Dir niemals die Last der Welt

auf Deine Schultern.

Lass Dich niemals von der Zukunft einschüchtern -

lebe einen Tag nach dem anderen.

Fühle Dich niemals der Vergangenheit schuldig -

was geschehen ist, ist nicht mehr zu ändern.

Lerne von den Fehlern, die Du gemacht hast.

Fühle Dich niemals allein,

es gibt immer jemanden, der für Dich da ist

und an den Du Dich wenden kannst.

Vergiss niemals, dass alles,

was Du Dir nur vorstellen kannst,

auch erreichbar ist.

Stell Dir das vor!

Es ist nicht so schwer, wie es aussieht.

Höre niemals auf zu lieben.

Höre niemals auf zu glauben.

Höre niemals auf zu träumen.

Nur du

Ich bin allein.

Möchte bei dir sein.

Denn in deinem Arm

fühl ich mich wohl - da ist es warm...

Doch:

Du bist nicht hier.

du bist weit weg - und glücklich dazu

ich kann nichts dafür:

der Einzige für mich bist du!

Ich schließe meine Augen

und sehe Dich.

Meine Blicke ertasten Dein Gesicht,

Dein süßes Lächeln,

Deine strahlenden Augen,

jedes Fältchen.

Immer wenn ich Dich so sehe,

sehe ich Dich lächeln.

Du strahlst mich an,

erwärmst mein Herz,

betörst meine Sinne.

Mein Herz pocht.

Mein Verstand spielt verrückt.

Ich fühle Deine warmen Hände,

spüre Deine Umarmung.

Deine Lippen sind Honig für mich,

dein Körper ist Weide für meine Augen.

Ich fühle mich warm und geborgen.

Deine liebe gibt mir die Kraft zu glauben,

die Kraft nicht aufzugeben.

<u>Ohne Dich geht's besser</u>

Wer hätte das gedacht?! Aber es funktioniert!

ER/SIE hat keine Krümel im Bett gemocht?

Na dann: höchste Zeit für ein ausgiebiges Frühstück im Bett mit der besten Freundin/dem besten Freund!

SIE/ER wollte kein Haustier?

Na dann: ab ins nächste Tierheim

Gönn Dir einen supertollen Urlaub oder die teuren

Kleider aus der Boutique, das neue Auto...

Endlich kannst Du flirten und hübschen Girls/Boys

hinterher schauen - ohne schlechtes Gewissen

Keiner motzt, wenn Du im "Schlabberlook" rumhängst

Keiner stört Deinen Schlaf mit seinem Schnarchen mehr

Stelle erstaunt fest, dass es Dir tatsächlich bessergeht

Ohne dich?

Ohne dich kann ich atmen,

doch ich lebe mit dir.

Ohne dich kann ich finden,

doch jetzt such ich das "wir".

Ohne dich kann ich lernen,

doch verstehen fällt schwer.

Ohne dich bin ich alles,

doch mit dir bin ich mehr.

Ohne Dich

Ohne Dich ist die Wüste ohne Sand,
fehlt mir Deine sanft mich streichelnde Hand.

Ohne Dich ist kein Wasser im Meer,
gibt mir das Leben nichts mehr.

Ohne Dich ist der Tag ohne Licht,
seh' ich den Sinn des Lebens nicht.

Ohne Dich ist die Nacht ohne Sterne,
liegt glücklich sein in weiter Ferne.

Ohne Dich bin ich ein König ohne Reich,
ist die Liebe mir egal.

Ohne Dich bin ich wie ein Bauer ohne Feld,
fehlt mir das wichtigste der Welt.

Ohne Dich bin ich ein leeres Blatt Papier,
spür' ich in mir die tiefe Gier.

Ohne Dich bin ich wie ausgebrannt,

von der Insel der Zufriedenheit verbannt.

Ohne Dich bin ich ein halber Mensch,

weil ständig Dich herbei ich wünsche

Ohne Dich gelingt mir keine Kleinigkeit,

und doch bist Du unendlich weit.

Ich liebe dich über alles auf der Welt

Mein Herz ist kalt ohne Dich

Komm zurück und wärm es mir

Denn du bist die Frau die ich liebe.

Ohne Titel

Gegeben nur ein Augenblick der Zeit...
gefangen im ewigen Kreislauf des Vergessens...
ich erinnere mich, wie es angefangen...
ich erinnere mich, was alles mit uns passierte...
ich erinnere mich, weshalb wir uns stritten...
ich erinnere mich, weshalb wir lachten...
ich erinnere mich, wieso wir zusammen weinten...
ich erinnere mich nicht, warum Du nicht bei mir bist...

Phasen der Liebe

**Damit sich Ihre Traumfrau nicht eines Tages als hohle Nuss
entpuppt, sollten Sie die zehn Phasen der Liebe genau
analysieren. Und das geht so:**

Phase 1: Die Peilung

Dort hinten in der Ecke vor der Jukebox in Ihrer
Stammkneipe steht sie. Blond, langbeinig, Grübchen
am Kinn. Für einen Moment glauben Sie schon zu
wissen, dass Sie mit der Dame gerne vier Kinder,
einen Volvo und ein freistehendes Einfamilienhaus
hätten. Und das, obwohl Sie Ihren Kumpels immer
gepredigt haben, dass der Mann nicht für die
Partnerschaft geschaffen ist und Sie ein Lonesome
Cowboy sind. Alles vergessen.

Aber vergisst die Dame auch alles für Sie? Fakt ist:
Schon nach fünf hundertstel Sekunden beginnt der
Mensch, sich ein Urteil über den anderen zu bilden,
und spätestens nach den drei Sekunden, die
während des ersten Anschauens verstreichen, ist er
damit fertig.

In diesen drei Sekunden fällt das Hirn die
Entscheidung zwischen "interessant" und
"indiskutabel". Und regelt so, ob es nach dem Blick
eventuell noch mehr Kontakt gibt. Wenn nun aber
Ihre schöne Helena (Heike, Hilde ...) Ihren Blick
erwidert: Zeigen Sie Zähne - ruhig ein wenig
verlegen und mit geneigtem Kopf. Frauen finden das
charmant. Wenn sie zu Ihnen rüberblinzelt und -
wichtig - lächelt: Gratulation, sie ist interessiert.

Risiken: Der Blickkontakt scheitert und damit die Beziehung, bevor sie überhaupt begonnen hat.

Chancen: Es steht (noch) nichts auf dem Spiel, riskieren Sie also alles und lächeln Sie, so gut Sie können.

Phase 2: Ansprechen

Der erste Satz, den Sie an Miss Wonderful richten, kann immer auch der letzte sein. Zumindest, wenn Ihnen nichts Besseres einfällt als "Bist du öfter hier?" oder "So allein, schönes Kind?" (hat noch nie funktioniert, außer bei Eastwood). Dumm auch, wenn Sie die Zähne nur an Festtagen putzen und Ihr Gegenüber gezwungen ist, das Riechfläschchen hervorzukramen. Apropos riechen: Ob Sie die Lady auch aus nächster Nähe noch sympathisch finden (und die Sie), hat auch mit den Pheromonen zu tun, den Sexuallockstoffen, die nicht nur locken, sondern auch signalisieren, ob Sie beide biologisch gesehen zusammenpassen. Im Klartext: ob Ihre Gene verschieden genug sind, um gesunde Nachkommen zu zeugen. Pheromone hin oder her, beim ersten Kontakt sind noch ein paar andere Sachen von Bedeutung: Vielleicht quäkt das Objekt Ihrer Begierde ja wie Enie von Bravo-TV, und das finden Sie so unerotisch, dass Sie die Sache mit dem Haus und dem Volvo sofort wieder vergessen und sich bestenfalls noch eine wilde (stumme) Nacht vorstellen können, nach der Sie weiter lonesome leben werden.

Risiken: Die Optik stimmt, die Wellenlänge nicht. Und die Lebenssituation vielleicht auch nicht. Die

Dame hat ja vielleicht schon Haus, Mann, Kombi und Kinder - wer weiß?

Chancen: Ist der Kontakt erst mal hergestellt, ist auch das nächste Date schnell gemacht.

Phase 3: die erste Droge

Wer es ernst meint, springt nicht gleich mit dem anderen in die Kiste, sondern entscheidet sich für den gemeinsamen Verzehr eines koffeinhaltigen Heißgetränks. Nicht umsonst gilt Kaffee als vorzügliches Aphrodisiakum. Man kann angenehm angeregt die in Phase zwei gewonnenen Erkenntnisse verifizieren oder vertiefen. Und Gemeinsamkeiten feststellen: Ah, die Lady liebt Jazz, zum Beispiel. Dann werden weiterführende Verabredungen getroffen: demnächst also die Blue Note Bar. Wie viele Männer und Frauen sich zahlenmäßig exakt bei philosophisch-persönlichen Gesprächen über Espresso Macchiato in einer schummrigen Café-Ecke zu lange in die Augen geschaut haben, ist zwar statistisch nicht belegt. Ohne Zweifel gilt jedoch: Viele Paare verlieben sich genau jetzt, nach dem ersten Beschnuppern. Und das bedeutet Drogenrausch pur: Im Gehirn wird Phenylethylamin (kurz: PEA) in großer Menge ausgeschüttet. Dieses körpereigene Amphetamin erzeugt Schmetterlinge im Bauch, weiche Knie und die Sehnsucht nach dem anderen.

Risiko: Sie schlafen beide über Ihrer Tasse ein, und der Kellner muss Sie wecken.

Chancen: Jetzt können Sie im Gespräch abklopfen, ob Sie und die Umworbene ausreichend Gemeinsamkeiten haben. Rückzieher klappen noch ohne größeren Aufwand.

Phase 4: Meryl Streep

Sie haben also schon einige Tagewerke eines Kaffeepflückers gemeinsam geschlürft, sitzen gerade wieder vor den dampfenden Tassen, als sie mit leuchtenden Augen sagt: "Lass uns ins Kino gehen." Ein harmloser Vorschlag, so scheint es, aber eine Nagelprobe für die Liebe: Er würde gerne den neuen Stallone-Streifen sehen, sie aber schlägt ein Werk vor, das "Tränen, Dunst und das silberne Fischbesteck" oder so ähnlich heißt. Meryl Streep spielt die Hauptrolle, und das Filmplakat lässt ahnen, dass es sich dabei um ein Melodram handelt, in dem mehrere der Protagonisten an Leukämie sterben werden. Mit anderen Worten: Der Film interessiert Sie so sehr wie das Telefonbuch von Peking. Wenn Sie allerdings auf Stallone bestehen, könnte es sein, dass die Holde Sie für einen manierenlosen Macho hält. Also sitzen Sie schließlich vor einer Leinwand, auf der Frau Streep Tränen des Leids vergießt. Aber egal, denn in diesem Moment ist das Lichtspielhaus sowieso nur für eines gut: Knutschen. Beim Küssen werden nicht nur Bakterien ausgetauscht, sondern auch Sexuallockstoffe (aus den Drüsen der Lippenspalte unter der Nase). Diese chemischen Signale steigen dem anderen über die Nase, genauer: über Rezeptoren in der Nasenscheidewand, zu Kopf. Ergebnis: Das Gehirn signalisiert den Wunsch nach mehr: mehr Küssen, mehr Fummeln, mehr ...

Risiken: Sperrt sich einer der Kinogänger gegen diesen harmlosen Austausch von Körperflüssigkeiten, bedeutet es, dass mit dem Abspann auch diese Beziehung zu Ende ist.

Chancen: Wenn jetzt geküsst wird, gibt es die Option auf eine heiße Nacht.

Phase 5: in der Küche

Es stimmt noch immer: Liebe geht durch den Magen. Für den anderen zu kochen ist ein Verliebtheits-Geständnis. Denn wirkliches Interesse enthüllt derjenige, der beste Zutaten für die geliebte Person zu besorgen bereit ist, um sich danach stundenlang in die Küche zu stellen. Im Tierreich läutet das Füttern übrigens oft die Paarung ein. Es signalisiert: Ich kann für Dich und die Nachkommen sorgen. Genauso kommt das Signal beim Menschen an, egal, wer es aussendet. Es wird ernst.

Risiken: Wer sich schon beim Nudelnkochen darüber fetzt, ob die Zugabe zehn weiterer Knoblauchzehen den Geschmack der Soße steigert, wird auch nicht in der Lage sein, in wichtigen Lebensfragen (Kinder? Kombi? Kreta-Reise?) auf einen Nenner zu kommen.

Chancen: Verwenden Sie aphrodisierende Lebensmittel, zum Beispiel Spargel, Sellerie oder Spaghetti. Dann haben Sie einen Stein im Brett - und einen steilen Zahn im Bett.

Phase 6: Adams Schock

Wenn sich die Partner nicht zufällig beim Nacktschwimmen im Mülheimer Stadtbad begegnet sind, kennen sie den anderen in der Regel nur mit textilen Geweben, sowohl über Problemzonen als auch über muskelgestählten Körperarealen. Das erste Mal nackt zu sein bedeutet viel mehr als das erste Mal Sex. Es markiert zwar meist a) gesteigertes sexuelles Interesse, aber auch b) einen Moment noch größerer Selbstzweifel und nagender Fragen. Sie: Wird er meine Cellulite mögen? Wann macht er das Licht aus, damit ich wieder durch den Bauch atmen kann? – Er: Groß genug? Lang genug? Dick genug? Auch wenn die zwei nunmehr Nackten mit derlei Gedankengut und dem Liebesakt vollauf beschäftigt sein könnten, hat die Dame häufig noch die Zeit, sich zu fragen, ob sie ihr Leben mit einem Kerl teilen möchte, der Unterhosenwechsel für Umweltverschmutzung hält. Und der Mann erörtert vielleicht, ob er sie später beiläufig darauf ansprechen kann, dass er Wildwuchs in subtropischen Klimazonen zwar gutheißt, in der Bikinizone allerdings eher Kahlschlagbefürworter ist.

Risiken: Wenn bereits nach fünf Minuten der Sex vorbei ist, dann ist das schlecht. Ebenso, wenn bei ihr nach fünf Stunden noch immer keine Erregung messbar ist.

Chancen: Die Verkrampfung nimmt beim Üben ab. Wenn es noch dazu kommt.

Phase 7: Krümel im Bett

Ob Phase 6 für beide Parteien zufriedenstellend abgelaufen ist, erkennt man daran, ob Phase 7 überhaupt zu Stande kommt. Gehen wir mal davon aus, beide Teilnehmer befinden sich noch am selben Ort wie am Abend zuvor. Dann werden sie sich jetzt zwar nicht unbedingt zum ersten Mal bei Tageslicht erleben, möglicherweise aber zum ersten Mal ungeschminkt und mit schlechtem Atem. Ist das ohne Ohnmacht zu ertragen, so ist das Augenmerk darauf zu richten, ob die jeweiligen Morgenrituale - das Persönlichste, was ein Mensch überhaupt an den Tag legen kann - vereinbar sind. Wo wir gerade von vereinigen sprechen: Wenn der Tag beginnt, wie er aufgehört hat (will sagen: mit Sex), dann können Sie sich auf die Schulter klopfen. Die ganze Angelegenheit läuft im richtigen Fahrwasser. Falls nicht, muss das aber auch nichts Schlimmes bedeuten.

Risiken: So manch ein Paar entzweit sich nun über der Krümel-im-Bett-Frage, die eng verwandt ist mit der Muss-man-sich-vor-dem-Frühstück-duschen-Frage beziehungsweise der Sollte-der-Mensch-vor-zwölf-überhaupt-irgendetwas-essen-Frage.

Chancen: Das Zauberwort heißt Toleranz. Nur wenn sich der Mensch in seiner Morgengestaltung akzeptiert fühlt, steigt seine Kompromissbereitschaft im Hinblick auf andere Dinge. Und die wird schon bald nötig sein.

Phase 8: Urlaub zu zweit

Irgendwann kommt unweigerlich der Tag, an dem Sie vielleicht gerade den Drink danach genießen und dabei Reiseprospekte auf dem Nachttisch Ihrer Freundin entdecken. Während Sie sich noch fragen, wie die da hingekommen sein mögen, kuschelt Ihre Freundin sich an Ihre Brust und säuselt: "Guck doch da mal rein, Bärli." Jetzt ist es so weit - der erste gemeinsame Urlaub steht an. Die Crux dabei: Manchmal ist das Paar danach keines mehr. Problematisch ist oft bereits die Auswahl des Ziels: Sie würde gern eine Städtetour nach Kopenhagen machen, er würde lieber Schnorcheln vor Korsika. Ist das Paar schließlich auf Korsika oder in Kopenhagen eingetroffen, ist bereits mindestens einer der beiden einen faulen Kompromiss eingegangen. Danach folgt die Zerreißprobe: Museumsgänger entdecken plötzlich, dass sie - kulturell gesehen - mit einem Neandertaler zusammen sind, ambitionierte Sportler finden sich neben einer lahmen Socke wieder, die lieber im Bett faulenzt, als einen Tropfen Schweiß zu vergießen. Und passionierte Spaziergängerinnen werden fassungslos gewahr, dass ihr Kerl ein Liegestuhlfetischist ist, der um fünf Uhr aufsteht, um einen guten Platz am Pool zu reservieren, und der wegen daraus resultierender Erschöpfung schon vormittags Bier säuft.

Risiken: Wochenlang jede einzelne Minute miteinander zu verbringen legt die Schattenseiten der Persönlichkeit bloß.

Chancen: Wenn Sie nach dem ersten Urlaub noch miteinander reden und schlafen, dann können Sie sicher sein, dass Sie sich wirklich lieben.

Phase 9: IKEA

Ganz zufällig, es ist Samstag, Sie waren gerade mit Ihrem Schatzi in einem an die Stadt grenzenden Naherholungsgebiet frische Luft schnappen, da kommen Sie an einem Gebäude vorbei, das leuchtend blau gestrichen ist und auf dem vier gelben Buchstaben prangen. Und derjenige von Ihnen beiden, der gerade am Steuer sitzt, lenkt das Fahrzeug wie ferngesteuert auf den Parkplatz und formuliert Folgendes: "Ich hab gerade richtig Lust auf so einen Ikea-Hot-Dog." Und nach einer kurzen Pause: "Man kann ja mal sehen, was die gerade so im Angebot haben." Haben Sie bislang nur relativ unverbindlich über das Zusammenziehen gesprochen haben, so leitet dieses Ritual die Nestbau-Phase ein, in der die Samstagvormittage nicht mehr zum Spaziergang im Grünen, sondern zum Studieren des Immobilienteils der Zeitung genutzt werden. Doch jetzt laufen Sie erst einmal durch voll möblierte Gänge und entscheiden insgeheim, dass Sie die Küche "Verde" irgendwie hübsch finden, auch wenn Sie das aus Angst vor Konsequenzen nicht erwähnen. Dann stehen Sie mit Schatzi am Plastikstehtisch "Stehrøm" und verzehren ein Fleschereierzeugnis im Brötchen, das Sie soeben selbst mit Remoulade, Röstzwiebeln, Gurke und Ketchup belegt haben und erzählen die Geschichte mit der Küche schließlich doch noch. Betrachten Sie Ihre Beziehung spätestens von diesem Zeitpunkt an als gefestigt.

Risiken: Die Rückgabefrist bei Nichtgefallen ist, was die Dame betrifft, abgelaufen.

Chancen: Ihre Rückgabefrist auch.

Phase 10: Lebenslänglich

Sie sind nun bereits eine Weile zusammen, sagen wir: vier Jahre. Dann lässt nämlich die Wirkung des PEA-Verliebtheits-Hormons langsam, aber sicher nach und wird durch körpereigene Opiate, auch als Endorphine bekannt, ersetzt. Die erzeugen ein Gefühl von Zuneigung, Geborgenheit und Sicherheit. Stellen Sie sich nun vor, es ist Morgen, die Sonne scheint ins Schlafzimmer, Ihre Partnerin schläft noch. Aber wie sie schläft. Unglaublich zauberhaft ist das Gesicht zerknautscht, weil sie auf dem Bauch liegt. Der Atem geht friedlich wie der eines Babys - ja, wahrscheinlich würde Ihr Baby so oder so ähnlich im Schlaf aussehen. Ehe Sie sich noch ordentlich über das erschrecken können, was Sie gerade gedacht haben, schlägt Ihr Schatzilein die Augen auf - und was das für Augen sind - und lächelt. Und Ihr Herz springt fast auseinander vor lauter Liebe. Und dann denken Sie: Sollte ich jemals heiraten, vier Kinder, einen Volvo und ein freistehendes Einfamilienhaus haben, dann wirklich nur mit diesem Menschen. Und damit wären wir wieder ganz vorn angelangt, mit dem Unterschied, dass ein vager Gedanke durch Gewissheit ersetzt wurde. Sie haben die Unwägbarkeiten einer noch frischen Beziehung erfolgreich umschifft und können sich fortan aufs Wesentliche konzentrieren.

Risiken: Hochzeit, Kinder, Haus, Schwiegereltern.

Chancen: Hochzeit, Kinder, Haus, Schwiegereltern, Erbschaft.

Lästern, Rächen, Gemeinsein

Das eignet sich besonders für Betrogene!

Man/frau werfe alle Erinnerungsstücke in einen Karton und zünde ihn an

Man/frau mache einen Plan (am besten mit der besten Freundin/dem besten Freund)

Man/frau schwelge in der Vorstellung, was man machen könnte

Man/frau erzähle allen Bekannten, was für ein A... der/die Ex ist

Man/frau schreibe ein Drehbuch für einen Horrorfilm, bei dem der/die Ex die Hauptrolle bekommt

Man/frau rufe zu jeder Tages- und Nachtzeit an um nach Kleinigkeiten zu fragen ("Dachte Du solltest wissen, dass ...")

Man/frau bastle ein Dartboard mit dem Bild des/der Ex

Man/frau stelle fest, dass die Wut nachlässt und man keinen Bock mehr auf diese Zeitverschwendung hat

Aber Achtung: Rache ist nicht unbedingt süß! Der Kosten-Nutzen-Faktor ist oft eher auf Seiten der Kosten! Bestenfalls macht Ihr Euch lächerlich und im schlimmsten landet Ihr im Knast. Deshalb: egal wie schwer es ist - lieber bei der Phantasie belassen...

Rauf!

Vor mir steht ein großer Berg,
immer wieder kann ich die Aussicht genießen,
kann zurücksehen
auf meinen bisherigen Weg,
manchmal ein Umweg,
manchmal wird mir schwindlig,
oft aber ein schöner Weg.

Wenn ich nach oben schaue,
sehe ich eine lange, steile Wand,
und weiß doch, dass dahinter
eine wunderschöne, große Bergwiese ist.

Also rauf, und drüber wegkommen!

Schicksal

Weit draußen, am Rande der Sterne,

ganz weit, noch vor der Dunkelheit,

dort sitzt ein Mann an einem Tisch und schreibt ein Buch.

Der Mann heißt Leben das Buch ist Schicksal

und er schreibt es immer zu.

Manchmal, ganz selten, aber dennoch Ab und An,

gerade wenn du meinst das du ihn nicht verstehst,

blickt er auf und schaut dich an.

Und manchmal zwinkert er dann, lächelt, zerreißt ein paar Seiten

und schreibt ein Wort, einen Satz oder ein ganzes Kapitel neu.

Schiffbruch

Als mein Schiff untergegangen war,
kamst Du mit Deiner Rettungsinsel vorbei
und hast mich aufgefischt.
Du hast alles über Bord geworfen,
nur damit ich genug Platz hatte.

Als wir dann wieder festen Boden
unter den Füßen hatten,
haben wir uns ein Lager aufgebaut,
ein Feuer angezündet -
und dann nicht mehr darauf geachtet.

Nun suche ich Dich überall
und hoffe,
dass Du noch nicht ganz erfroren bist,
damit wir uns an unserem Feuer
wieder ganz behutsam
aufwärmen können.

Schmerz

alles tut weh
mein kopf
meine glieder
warum
du
es ist deine schuld
verstehst du mich
ich liebe dich
und das tut weh
schmerzen
tränen
liebe tut weh
verdammt weh
warum
ich weiß es nicht
kannst du es mir erklären
nein
warum nicht
liebst du mich nicht
du bist meine medizin
lebenswichtig
ich brauche dich
zum leben
ich zerstöre mich selbst
warum
weil ich dich liebe
und das
tut verdammt weh

Schmetterlinge

Schmetterlinge flattern, es kribbelt im Bauch,

in Tagträumen versinken und Herzklopfen auch.

Durch rosarote Brillen sehen und bis zum Ende des Regenbogens gehen.

Alles um sich herum vergessen, kaum noch etwas essen.

Von Luft und Liebe zu leben, auf Wolke sieben schweben.

Ganz und gar glücklich sein, eben total verliebt und unendlich froh,

dass es dich gibt

Schon wieder Geburtstag

Geburtstag ist schon wieder da,
der gleiche Scheiß wie letztes Jahr.
Horden kommen angerannt,
schütteln Dir wie blöd die Hand,
küssen und umarmen Dich,
ach wie ist das widerlich.
Tätscheln süßlich Deine Wange,
da wird Dir mit Recht ganz Bange,
ein jeder hier ein Sprüchlein weiß,
mein lieber Mann, ist dat'n Scheiß!

Doch es kommt ja noch viel schlimmer,
hast Du sie erst einmal im Zimmer.
Dann fängt ein großes Tratschen an,
man spricht vom Geld, vom Kind, vom Mann
und zwischendurch wird eingestreut,
hast Du nicht dies und das bereut,
was da so im vergangenen Jahr,
an Schwierigkeiten zu regeln war.
Kurzum, man rädert Dich mit Fleiß,
mein lieber Mann, ist dat'n Scheiß!

Beinah' hat' ich noch vergessen:
die wollen alle auch was essen.
Da du den Ablauf ja schon kennst,
jetzt schnurstracks in die Küche rennst,
um für die buckligen Kadetten,
die Blöden und noch weniger Netten
den Napf zu holen, kalt und heiß,
Mein lieber Mann, ist dat'n Scheiß!

Damit auch wirklich Jedermann,
den Futtersack sich vollhau'n kann,

sind die Portionen, das ist klar
noch größer als im vorigen Jahr.
Jetzt sieht man alle emsig kauen,
man hört nur heimliches Verdauen.
Einer schreit nach noch mehr Reis.
Mein lieber Mann, ist dat'n Scheiß!

Und wenn dann alle abgefüllt,
man schon nach was zu saufen brüllt.
Hier zeigt sich jetzt Organisation,
doch deine Schluckis kennst Du schon.
Zuerst kommen die leichten Sachen.
die reichen grad´ zum Muntermachen.
Doch richtig fetzig wird's erst dann,
wenn man auch Schnäpse saufen kann.
Dazu noch Bier gleich Kastenweis',
mein lieber Mann, ist dat'n Scheiß!

Bald hörst Du nur noch Stöhn und Lall,
dann weißt Du, jetzt sind alle prall.
Der eine ist im Suff ganz still,
der andere schreit und zwar ganz schrill.
Ein Dritter weint still in sein Kissen.
ihm ist es plötzlich ganz beschissen,
weil er nicht mehr weiter weiß,
mein lieber Mann, ist dat'n Scheiß!

Der Morgen bricht schon langsam an,
auf der Toilette bricht ein Mann.
Jetzt heißt es, mutig zuzupacken,
denn nun woll'n sie auch noch bei Dir
knacken.

Mit sehr viel List und noch mehr Tücke
sagst Du jetzt jedem: "Mach die Mücke!"
Und vorsorglich, mit viel Gespür,
schiebst Du den Letzten aus der Tür.
Der schaut Dich an und sagt betroffen:
"Mein lieber Mann, bin ich besoffen."

Dann machst Du leis' die Türe zu
und weißt: Jetzt hast Du Deine Ruh.
Ein letzter Blick ins Partyzimmer,
der Saustall wird auch immer schlimmer.
Voll Grausen wendest Du Dich ab,
für heute reicht 's - und nicht zu knapp.
Noch ein kurzer Spiegelblick,
Du prallst fast vor Dir selbst zurück.
Die Augen klein. die Haut ganz weiß,
mein lieber Mann, ist dat'n Scheiß!

Jetzt schmeißt Du Dich auf die Matratzen,
um augenblicklich einzuratzen
und noch im Traum da wird Dir klar:
Jetzt hast Du Zeit bis nächstes Jahr!

Schuld

Ich sehe dein Gesicht, wie es mich anschaut.

Mit traurigen Augen,

Kummer in deinem Blick.

Du bereitest mir die Gefühle,

die ich vermeide, soweit ich kann.

Schuld. Schuld lastet auf meinen Schultern.

Dabei habe ich keinen Grund, sie zu fühlen.

Du trägst die Schuld,

es war dein Fehler.

Du hast mich benutzt, um deine Schuld zu verdrängen,

doch hast dir damit neue beschafft.

Ich denke, du bist dir dessen bewusst.

Schiebe die Schuld nicht von dir,

übernimm nur einmal die Verantwortung...

<u>Sehnsucht</u>

Ich vermisse
Dein Lächeln,
Deine weichen Küsse,
Deine zarte Haut
die ich streicheln darf.
Ich vermisse
Deine leuchtenden Augen,
Deine Nähe,
Deine Wärme.
Ich vermisse
das Vertraut sein
mit Dir,
die Sicherheit.

Ich vermisse Dich,
wünschte
Du wärst hier,
würdest mich einfach
in den Arm nehmen
und mich vergessen lassen,
was war, was ist,
und was sein wird.

Sehnsucht

Ich sehe es kommen

Ich kann es spüren

Ich vermisse Dich, doch

eigentlich würde ich Dich gern berühren

Meine Augen halt ich fest geschlossen

schöne Gedanken wollen nicht gehen

Die Nacht ist so lang und

ich sehe nur einen Stern

Es ist alles so traurig

ich kann ´s nicht ertragen

Ich will Dich einfach wieder

bei mir haben

Der Schmerz wird größer

Sekunden werden länger

Die Sehnsucht ist da

Ich muss Dich jetzt anrufen und hoffen

auf Dein JA

<u>Sinn?</u>

Die Autos fahren hin und her

Die Menschen laufen kreuz und quer.

Und dann ich, ich stehe hier

Mittendrin was ist der Sinn?

Ich will zu dir!

Doch ich komme nicht fort

Will weg von dem Ort

Will zu dir hin Schweben

Ganz dicht an dir Kleben.

Sorge Dich nicht so sehr

Alles wird wieder gut!

Ich weiß, Du hast es nicht leicht gehabt.

Aber Du hast Dich tapfer geschlagen

und die Dinge so genommen, wie sie kamen.

Und ich möchte, dass du immer daran denkst ...

Alles wird bald besser werden.

Und weil Du so einmalig bist, glaube ich,

dass der Durchbruch nicht lange ausbleiben wird.

Ich möchte Dir von ganzem Herzen Mut machen.

Glaube an Dich, denn Du bist wirklich

ein wunderbarer Mensch.

Und vergiss nicht, dass über den Wolken,

die sich Dir manchmal in den Weg schieben,

die Sonne für Dich allein scheint ...

und alles wird wieder gut.

Spaziergang

Ich gehe durch den tiefen Schnee,

Vermisse Blumen, Gras und Klee.

Ich trabe durch die weiße Pracht,

Langsam bricht herein die Nacht.

Die Sonne fällt den Himmel runter,

Die Eulen werden langsam munter.

Der Mond steht auf seinem Platze,

Und ich frage mich seit heute

Genau wie viele andere Leute:

Hat der Mann im Mond 'ne Glatze?

Doch langsam sehe ich nichts mehr,

Die Sonne geht für heute schlafen,

Und macht mir das Sehen schwer,

Ich suche noch den Liebeshafen.

Meine Füße fühlen sich an wie Stein.

Mir friert, meine Hände sind eiskalt.

Ich hoffe, ich finde meine Liebe bald,

Ich brauche sie, die Liebste mein.

es ist dunkel um Dich herum...

Du hast jemanden verloren...

Etwas Schreckliches ist passiert.

Der Schmerz bringt dich um den Verstand...

Du weißt keinen Ausweg mehr.

Keiner ist bei dir.

Tränen, Leid, Trauer...

Alles scheint so sinnlos

Du fragst nach dem WARUM?

Niemand antwortet dir...

Es gibt keine Antwort

Verzweiflung, Angst....

Das Ende?

NEIN!

Du erblickst ein Licht im Dunkeln.

Was ist geschehen?

Jemand ist bei dir!

EIN FREUND!!!!!!!

BITTE... nehmt mir diesen Freund nicht!

Wer immer andere gegeneinander aufbringt...

DENK NACH!

Was richtest du an?

Möchtest du nicht auch einen Freund haben?

Was passiert, wenn sich alle von dir abwenden?

Du wirst alleine sein.... verloren.

Deine Hilferufe verhallen im leeren...

Wir alle haben nur dieses eine Leben...

mach es dir und uns nicht zur Hölle!

Denk mal drüber nach... es wird dir nur von Nutzen sein...

DANKE!

Sterne

Sterne scheinen auf mich herunter.

Früher funkelten meine Augen mehr,

als jeder Stern am Himmel.

Doch heute ist mein Blick stumpf und leer.

Der einzige Glanz in meinen Augen ist der,

wenn sich ein Stern in ihnen spiegelt.

Tage

wie Gummi
die in Zeitlupe
vergehen

wie
ungerecht

denn bist Du
dann endlich
da

die Stunden
wie Sekunden
vergehn

wie ungerecht

Ein Tag ohne dich...

Ein Tag ohne dich ist ein Tag ohne Zärtlichkeit!

Ein Tag ohne dich ist ein Tag ohne Geborgenheit!

Ein Tag ohne dich ist ein Tag ohne Liebe!

Ein Tag ohne dich ist ein Tag ohne Glücksgefühle!

Ein Tag ohne dich ist ein Tag ohne Freude!

Ein Tag ohne dich ist ein Tag an dem ich nur von dir träumen kann!

Ein Tag ohne dich ist ein Tag an dem ich nur an dich denken kann!

Ein Tag ohne dich ist Tag an dem ich dich sehr vermisse!

Ein Tag ohne dich ist ein Tag an dem ich mich nach dir sehne!

Ein Tag ohne dich ist ein Tag an dem ich mich total auf dich freue!

Ein Tag ohne dich ist ein verlorener Tag!

Es ist ein Tag wie heute!

Theater

Erschreckend,
wie man sich manchmal
wiederfindet,
oder meint,
sich wiederzufinden,
oder hofft, nur zu meinen,
dass man sich wiederfindet,
dass man so nicht ist,
oder war,
oder sein wird,
dass man nur bei einem Theater
zusieht,
und nicht in einen Spiegel schaut.

Tod

ein guter Freund

warum

er hilft

er bringt aber schmerz

ich will ihn

stehe an der brücke

ich suche dich

warum denke ich an dich

warum liebe ich dich

ich will Schluss machen

nur ein schritt

dann ist es da

das ende

ich gehe

fliege

fühle mich wie ein Vogel

hebe ab

plötzlich

ein kurzer schmerz

ich bin frei

endlich

Tränen glänzen im Licht des Mondes.

Geblendet von jedem Stern am Himmel,

geh ich weiter meinen weg.

Regentropfen durchdringen meine Kleidung,

wie deine kalten Worte mein Herz.

Werde nie finden, wonach ich suche,

wenn du nicht bei mir bist.

Denn das, was ich suche,

das Ende meines Weges ist,

von dir geliebt zu werden!

Tränen, Klagen, Selbstmitleid

Auch hier gilt: nicht weiter schwierig!

Man lege sich ins Bett und heule tagelang und lasse keinen in seine Nähe
- höchstens den Pizzaservice

Man höre stundenlang Kuschelrock

Man rufe seine beste Freundin an und jammere ohne Ende und erzähle
ihr, wie toll der/die Ex war

Man erzähle jedem, dass man nie wieder glücklich werden wird

Man lasse den ganzen Frust raus: Schreien, Treten, Kaputtmachen...
Lieber kaputte Möbel als am Frust erstickt!!

Man rede sich selber ein, dass das Leben nun zu Ende sei

Man fange an das ganze zu genießen

Es wird langweilig und die Musik geht auf den Keks

Man beschließe sich wieder unter die Leute zu begeben und so zu tun, als
ginge es auch ohne SIE/IHN

TUT MIR LEID;

DAß ICH IMMER GLICH AUSFLIPPE.

TUT MIR LEID,

DAß ICH OFT SCHLECHT GELAUND BIN.

TUT MIR LEID,

DAS ICH SO EIFERSÜCHTIG BIN.

ABER WENN DU MICH WIRKLICH LIEBST,

DANN MUßT DU MICH SO NEHMEN,

WIE ICH BIN.

ICH LIEBE DICH, ABER

MANCHMAL ZWEIFLE ICH DARAN,

DAß DU MICH AUCH MAGST,

EBEN WILL ICH NICHT PERFEKT BIN.

ABER MERK DIR BITTE EINES:

AUCH DU HAST FEHLER!!!

Und wenn ich alles verliere

Ich sitze hier draußen.

Die Sonne scheint, es ist warm.

Trotzdem ist meine Stimmung gedrückt.

Denn ich fühl mich einsam, unakzeptiert.

Ich weiß aber nicht warum.

Habe viele nette Freundinnen

und ein süßer Junge ist in mich verliebt.

Aber ich bin mit meinem Leben nicht zufrieden.

Ich muss was ändern.

Doch was?

Wieso geht's mir so mies?

Ich müsste normalerweise glücklich sein.

Mein Leben ist perfekt.

Ich müsste mich freuen und lebenslustig sein.

Doch ich bin total down,

ich sehne mich nach irgendwas.

Habe aber keine Ahnung wo nach.

Ein Teil fehlt in meinem Leben.

Doch welcher?

Nach was muss ich suchen?

Wohin wird mich meine Suche führen?

Wird mich diese Suche,

andere Teile aus meinem Leben kosten?

Ja, vielleicht. Es ist mir egal!

Ich kann nicht mein Leben lang

in einer Scheinwelt leben.

Ich werde herausfinden,

welcher Teil in meinem Leben fehlt.

Und wenn ich alles verliere!

Es ist mir so egal!

Die Sehnsucht, nach dem unbekannten Teil,

ist einfach zu groß!

Vergessen

Wer liebt wird nie vergessen.

Wer vergisst, hat nie geliebt.

Wer geliebt und doch vergessen hat,

hat vergessen, wie man liebt.

Nun hast Du mich vergessen.

Und ich werde Dich vergessen.

Aber nicht, was zwischen uns war!

Vergib' mir!

Gibt es eine Welt, in der alles gut ist?
Ich habe diese Welt gesehen,
Aber manchmal glaube ich es war nur meine Einbildung.
Ich habe dir so weh getan,
Ich habe diese Welt zerstört!

Warum habe ich mich so in dich verliebt?
Liebe ist immer mit Schmerz verbunden,
Ich habe ihn riskiert.
Ich habe ihn erlitten,
Ich habe ihn dir angetan!

Warum tun wir immer den Menschen weh, die uns die Welt bedeuten?
Ich wollte dich nicht verlieren,
Ich habe deine Gefühle verletzt.
Du hast mir vertraut,
Ich war es nicht wert!

Warum fühle ich mich so lebendig tot?
Du warst mein Stern am Himmel,
Der durch mein Herz schießt.
Ich kann mir nicht verzeihen,
Du kannst mir nicht verzeihen!

Warum vergibst du mir nicht?
Ich kann es nicht von dir verlangen,
Ich kann es ja selber nicht.
Ich hab dir mein Herz geschenkt,
und meinen Verstand verloren!

Warum kann ich dich nicht vergessen?
Ich will dich nicht vergessen,
Ich denke immerzu an dich.

Ich wollte dich beschützen,
Ich habe dich verraten.

Warum bin ich so ein dummer Mensch?
Du bist ein großartiger Mensch,
Du bist so wunderschön anzusehen.
Ich möchte dich ansehen,
Du drehst dich immer weg.

Bitte vergib mir,
Ich verdiene deine Liebe nicht.
Ich bin so einsam ohne dich.
Als ich dich enttäuscht habe,
Bin ich innerlich gestorben!

Ich schäme mich so!

Verlass mich nicht!

Deine Augen, dein lächeln,
Deine Lippen, dein Gesicht,
Deine Nase, Deine Ohren -
All das brauch ich nicht.

Deine Liebe ist alles, was ich will,
doch leider ist auch das zu viel.
Oh Mädchen, bitte verlass mich nicht,
was soll ich nur machen ohne Dich?

Ohne Dich bin ich einsam, bin verloren
hab ich dir ewige Liebe geschworen

Im Herzen zerbrochen, die Stücke verstreut.
All meine Fehler hab ich längst bereut
Gib mir doch noch einmal die Möglichkeit
für eine Reise - in die Vergangenheit.

Verlassen

Das Haus stürzte nicht ein, als Du gingst –

Die Vögel fielen nicht vom Himmel,

und die Straße bog sich nicht unter Deinen Schritten.

Mein Herz schlug weiter in mir,

Aber

Die

Welt

Stand

Still.

Verliebt

Kennst Du das Gefühl
wenn man auf Wolken schwebt,
im siebten Himmel lebt,
so glücklich ist,
dass man meint
man wäre unverletzbar?

Und dann
auf einmal
die Wolken aus Watte sind,
durch die man fällt
und fällt
vom Himmel
direkt hinunter auf den Boden der Wirklichkeit!

Verliebt

nicht sehr lange kenne ich Dich

doch Du hast mich verzaubert

ganz sanft

immer habe ich Dich gesucht

ohne es zu wissen

ganz sicher

dann plötzlich warst Du da

so wunderschön

ganz natürlich

ich habe Dich kennengelernt

als liebevollen Menschen

ganz anders

jetzt muss ich Dir sagen

was ich fühle

vielleicht sollte ich besser schweigen

doch das kann ich nicht mehr

ich bin verliebt

Verliebt?

Ich durchstreife die Straßen in dunkler Nacht.
Der Mond hat bereits seine Laterne entfacht.

Alles ist still und kein Mensch ist zu sehen.
Was ist bloß mit mir geschehen?

Weshalb durchquere ich diese leeren Gassen?
Und warum fühle ich mich so leer und so verlassen?

Wie Feuer brennt es tief in meinem Herzen.
Meine ganze Seele ist ausgefüllt von diesen stechenden Schmerzen.

Ich glaube, Du bist dieser stechende Schmerz,
tief drinnen in meinem weinenden Herz!

Meine Liebe und meine Gefühle sind umhüllt von tiefer Trauer.
Warum komme ich nicht durch Deine Herzensmauer?

Ich weiß nur eins: ich liebe Dich!

Doch wie stark sind Deine Gefühle für mich?

Deine wunderschönen Augen kann ich einfach nicht vergessen.

Dein Gesicht, Dein süßes Lächeln, ich bin so von Dir besessen!

Jedes Mal, wenn meine Augen die Deinen sehen,

bleibt mein Herz vor Freude stehen.

Diese Freude könnte alle meine Wunden heilen.

Doch es gibt viele davon, Du musst Dich beeilen.

Plötzlich erwache ich von meinem Traum,

und erinnere mich kaum.

Ich sehe mich schon mit Dir, in diesen dunklen, leeren Gassen,

denn ohne Dich fühle ich mich so einsam und verlassen!

Vertrauen

Ihr wollt mir nicht vertrauen
ihr vertraut lieber anderen
was soll ich machen
das ist nicht mein Problem
doch wenn ihr wieder angekrochen kommt
könnt ihr gleich wieder gehen

Verwirrte Worte...

Wage es nicht mich zu verwirren,

und schon gar nicht mich zu umschwirren,

da wird mir auch ganz warm um´s Herz,

doch dieses löst dann einen Schmerz,

und so weit wollen wir es doch nicht kommen lassen,

oder willst du mich auf ewig hassen?

Verzaubert

Du hast mich total verzaubert.

Immer wenn wir miteinander reden,

werden meine Knie ganz weich,

und mein Herz schlägt so laut,

daß ich Angst habe

Du könntest es hören.

Jedes Mal, wenn ich in Deine Augen sehe,

glaube, ich darin zu versinken.

Ich kann nur noch an Dich denken.

Was hast Du mit mir gemacht?

Ich mag Dich!

Verzeih mir, dass ich`s wünschte,

ich wünschte es mir so sehr.

Jetzt hat`s mich selbst getroffen,

ich wünsch dir's nimmermehr.

Jetzt wünsch ich dir nur Eines,

und das, das ist viel Glück.

Ich hoff, was ich jetzt wünsche

kommt bald zu mir zurück.

Verzweiflung

Ich begehe Selbstmord,

hast du mir erzählt,

An einem versteckten Ort.

Das hat mich sehr gequält.

Sag mir das war nur ein Scherz,

verlangt ich. Nein! Ich stech ein Messer in mein Herz,

leb' weiter, auch ohne mich.

Ich hab' dir damals nicht geglaubt,

ich war so blöd wird mir jetzt klar.

Durch deinen Tod hast du mir alles geraubt.

Ich stehe jetzt ganz alleine da.

Ohne dich, spüre ich so einen großen Schmerz.

er quält mich, direkt in meinem Herz.

Ich steh an deinem Grab und weine

Fange jetzt auch an zu schreien.

Wieso lässt du mich bloß alleine?

Das kann ich dir einfach nicht verzeihen!

Vielleicht Irgendwann...

Ich dachte es könnte was geben,

ich hoffte, ich könnte mit Dir leben.

Ja, ich bin ehrlich, es tat weh

denn ich mag Dich sehr

ich werde mir jedoch keine Hoffnung machen

es ist so schon ziemlich schwer.

Zwischen uns, das hat wohl nicht sollen sein,

Wahrscheins wird es das auch nie,

es ist vielleicht besser

jeder geht seinen Weg allein.

Glaub nicht, es fällt leicht, dies zu sagen,

nein, es trifft mich innerlich

denn schließlich empfinde ich etwas für Dich.

Werde Dir erst mal klar was Du willst,

tu das was Dir Dein Gefühl sagt,

und nimm dabei keine Rücksicht auf mich,

denn das ist nicht das was ich will,

das möchte ich nicht.

Liebe, welch ein schönes Wort,

doch lieben sollte man immer einander

und nicht allein,

denn für eine Beziehung kann dies nicht von Vorteil sein.

Ich bitte Dich,

sei erst mal ein Kumpel, sei ein guter Freund

und sei für mich da...

vielleicht werden meine Träume ja doch eines Tages wahr.

Vielleicht liebst Du die Reichen,

dann liebe nicht mich, es gibt welche,

die sind viel reicher als ich.

Vielleicht liebst Du die Guten,

dann liebe nicht mich, es gibt welche,

die sind viel besser als ich.

Vielleicht liebst Du die Schönen,

dann liebe nicht mich, es gibt welche,

die sind viel schöner als ich.

Bestimmt liebst Du die Liebe,

dann liebe nur mich, denn ich glaube,

es gibt keine andere,

die Dich so liebt wie ich.

Völlig verwirrt
sitze ich hier
und denke über Euch nach,
über Euch zwei,
die mir mein Leben bedeutet habt,
definiert habt.
Über Euch zwei,
von denen ich so gehofft hatte,
dass Ihr auch Euer Leben leben könnt,
Eure Träume erfüllen könnt,
Euch verwirklichen könnt,
trotzdem mit mir.
Über Euch zwei,
die Ihr Euch doch gegen mich entschieden habt,
nicht akzeptieren konntet,
dass auch ich meine Träume verwirklichen,
mich verwirklichen wollte,
trotzdem mit Euch!

Trotzdem

geht es mir gut,
werde ich weiter meine Träume
haben,
erfüllen,
und mich an meinen Gefühlen
freuen, auch an den traurigen,
werde ich mich an unsere Zeiten
erinnern, an unsere schönen
und an unsere schlechten
und freue mich
auf meine weiteren Zeiten,
gute und schlechte,
freue mich zu leben,
freue mich an meinem Kind
und an mir!

Vorbei die gemeinsamen Tage,
wenn ich allein bin und mich frage:
wo bist du hin gegangen,
wieso hältst du noch immer mein Herz gefangen?

Wenn ich dich in meinen Gedanken und Träumen seh,
oh frage nicht, wie tut es weh,
muss ich noch immer weinen,
es ist als wärest du nach mir mit Steinen.

Ich kann dich einfach nicht vergessen,
viele meinen ich wäre besessen,
doch wenn Liebe ein Verbrechen ist,
dann bin ich schuldig und ich bitte dich,
tu alles, nur eines darfst du nicht,

bitte, bitte vergiss mich nicht!!!

Vorbei ...

Damals war es so schön, so frei,

Du und ich, nur wir zwei.

Alles vorbei?

Du und ich zusammen,

alles so schnell vergangen?

Keine 2. Chance mehr?

Es zu vergessen fällt so schwer!

Doch was soll ich tun?

Ich kann Dir nur sagen das ich Dich liebe,

mehr kann ich nicht tun,

am besten ich lasse die Sache auf sich beruhen.

Wie kann es passieren, dass Du bei mir bist

Und ich kann Dich nicht berühren?

Jedes Mal muss ich mich zurückhalten,

jedes Mal auf Freundschaft umschalten.

Wie heißt es?

„Tränen lügen nicht",

sag mir wenn ich mich jeden Abend in den Schlaf heule,

liebe ich Dich dann etwa nicht?

Jede Nacht träume ich von Dir,

Und weißt Du was das komische an meinen Träumen ist?

Du liebst mich.

(Sven Eckert)

Wärme

Geliebt werden kann nur der,
der weiß was er will.
Lieben kann nur der,
der weiß wer er ist.
Aber
Wärme braucht trotzdem jeder Mensch.
Auch ein Mensch der friert,
kann einen anderen wärmen.

Ich möchte Dich einfach anrufen,
mit Dir reden und Dir sagen,
dass ich Dich lieb habe,
möchte Dich einfach besuchen,
die Welt um uns vergessen
und Dich ganz fest umarmen und küssen.
Ich möchte Deine Zweifel
einfach wegschieben.

Bitte geh´ Deinen Weg -
und vergiss mich nicht.

Warum Kinder?

Überall auf der Welt ist Krieg,
bekämpfen sich Menschen
wegen Geld, Liebe, Hass, Glauben,
überall auf der Welt sind Katastrophen,
manchmal scheint es,
als wehre sich die Natur gegen die Menschen.
Überall auf der Welt ist Leid,
oft sogar Hoffnungslosigkeit -

und in diese Welt ein Kind setzen,
das Liebe braucht, Sicherheit, Hoffnung,
vor allem Zukunft?

Ich glaube, gerade deshalb
müssen wir Kinder in die Welt setzen,
Kinder, die es besser machen können,
damit wieder etwas Liebe in diese Welt kommt,
Hoffnung auf eine bessere Zukunft.
Wenn wir es nicht schaffen,
für uns selbst eine Zukunft zu schaffen,
dann brauchen wir Kinder,
für die es sich lohnt
eine bessere Welt zu schaffen,
für eine bessere Welt zu kämpfen.

Warum?

warum bin ich nicht in der Lage dich zu vergessen?
warum kann ich dich nicht hassen?
warum tut es mir so weh?
alles ist so dunkel und traurig, doch ich weiß dass

du warst und nie wieder sein wirst.

Warum?

Warum, Warum?
Warum ist es aus?
Was hab ich Dir getan?
Am liebsten würde ich mein Leben wegwerfen
wie ein altes, beschriebenes Blatt Papier.
Aber eine Stimme in mir sagt:
"Gib nicht auf, Du schaffst das schon !"
Mein Leben muss weitergehen-
auch ohne Dich.
Jetzt tut es noch unwahrscheinlich weh,,
aber irgendwann werde ich darüber hinweg sein.
Wieder muss ich an Dich denken,
an die wenigen Wochen mit Dir.
Mir scheint alles so trostlos.
Ich weiß auch das dich meine Tränen nicht zurückholen können.
Aber ich werde nicht aufhören
ein klein wenig zu hoffen.

Was bedeuten die Worte

"Danke schön"?

"Danke schön" sind zwei wunderbare Worte,

mit denen wir unsere Dankbarkeit ausdrücken.

Doch oft verbirgt sich dahinter noch viel mehr.

Wenn es von Herzen kommt,

von den schönsten Gefühlen

und von ganz tief innen,

und den wärmsten Gedanken,

dann bedeutet "Danke schön" so viel.

Es bedeutet Dank dafür, dass Du Dir

Zeit für mich genommen hast.

Es bedeutet "Du hast meinen Tag gerettet",

und es bedeutet manchmal, dass Du

mein ganzes Leben so viel besser macht.

Es bedeutet, dass ich mich mit Dir so wohl fühle,

und ich wünschte, ich könnte für Dich dasselbe tun,

einfach indem ich Dir sage,

wieviel Du mir bedeutest.

"Danke schön" bedeutet, Du hättest eigentlich nicht gemusst,

aber ich bin froh, dass Du es trotzdem tatest.

"Danke schön" bedeutet, dass Du etwas

ganz Besonderes getan hast,

das ich nie vergessen werde.

Ich danke Dir ...

von ganzem Herzen

Was hast du mit mir gemacht

Bisher noch nicht küsst

Bisher noch nichts vermisst

Bisher nicht weitergedacht

Doch dann kamst du

Und im Nu

Und hast du mir das Erlebnis gebracht

Deine Augen

Deine Blicke

Deine Umarmung ganz sacht

Niemand merkt es

Niemand weiß es

Doch das alles hat einen anderen Menschen aus mir gemacht

Was ich Dir wünsche

Ich wünsche Dir nicht

alles Glück dieser Welt

alles Liebe und nur das Beste

Auch kein Leben

ohne Sorgen und Probleme

Doch ich wünsche Dir

die Kraft

um alle Tiefen zu überwinden

den Mut

immer nach einer Lösung zu suchen

die Möglichkeit

einen Ausweg zu finden

Möge sich immer eine Tür öffnen

und helles Licht erscheinen

Ich wünsche Dir

ein Strahlen in den Augen

ein Lächeln um die Lippen

den Wind im Rücken

und die Sonne im Gesicht

Ich wünsche Dir,

dass Du die Hoffnung und deine Träume

einschließt und ewig bewahrst

Und auch, dass dein Herz

Deinen Verstand immer besiegt

ich wünsche Dir,

dass du glücklich bist

und all´ das erreichst, was Du Dir vornimmst

Ich werde Dich nie vergessen

Was ist ein Freund?

Einen Freund zu haben,

ist eines der schönsten Dinge im Leben.

Ein Freund zu sein,

ist das Beste, was Du sein kannst.

Ein Freund ist wie ein Schatz,

den du hüten musst, um ihn nicht zu verlieren,

denn er ist eines der wertvollsten Geschenke,

die uns das Leben bietet.

Ein Freund steht Dir bei in guten

und in schlechten Zeiten

und teilt Dein Lachen und Dein Weinen.

Ein Freund ist einer, auf den Du Dich verlassen

und dem Du Deine innersten Geheimnisse

anvertrauen kannst.

Er ist ein wunderbarer Mensch,

der wie kein anderer immer an Dich glaubt.

Ein Freund ist eine Zufluchtsstätte.

Ein Freund ist ein warmes Lächeln.

Ein Freund ist eine Hand,

auf die Du Dich immer stützen kannst,

auch wenn Du weit entfernt sein solltest.

Ein Freund ist immer da für Dich

und wird sich immer um Dich sorgen.

Ein Freund ist ein Gefühl von

Beständigkeit in Deinem Herzen.

Ein Freund ist die Tür, die immer offensteht.

Ein Freund ist einer,

dem Du Dein Haus anvertrauen kannst.

Einen Freund zu haben,

ist eines der schönsten Dinge im Leben.

Ein Freund zu sein,

ist das Beste, was Du sein kannst.

Was ist Freundschaft
ohne Vertrauen?
Was ist Gemeinschaft
ohne Verständnis?
Was ist Liebe
ohne Dich?

Was ist jetzt...

Jetzt bist du weg.

Was ich tun soll,

weiß ich nicht.

Ich mache mir Gedanken über Dinge,

die es eigentlich nicht wert sind,

bedacht zu werden.

Jetzt habe ich ihn kennengelernt.

Du weißt nichts davon.

Du wirst es nicht erfahren,

denke ich nun,

denke ich heute.

Jetzt sehe ich dich nicht.

Ich sehe nur noch ihn,

mein Herz wendet sich um.

Es stellt sich gegen alles,

gegen dich,

auch gegen ihn.

Jetzt liebe ich dich.

Was morgen ist, weiß ich nicht.

Was soll ich bloß tun?

Ich sitze in meinem Zimmer,

-wieder allein-

ich muss an dich denken, wie immer

-Liebe kann so grausam sein-

Ich kann Dir nicht sagen wer ich bin,

-es ist zu gefährlich-

ich weiß so hat es keinen Sinn

-aber was soll ich tun, ich liebe Dich ehrlich-

Du kannst Dir nicht vorstellen wie schwer es für mich ist,

zu wissen das nicht Ich, sondern Er es ist.

Ich habe versucht mich von Dir zu trennen,

doch Du ließ mich nicht gehen,

vielleicht kannst Du meine Angst jetzt verstehen.

Doch egal was passiert, Du bist in meinen Gedanken,

denn auch Du lässt mich nicht los,

nun sitze ich hier und überlege:

Was mache ich bloß.

Wenn der Himmel weint

Ein Schweigen in seinem Gesicht,

Kein Lächeln mehr

Zerbrochenes Glück, verlorene Träume, enttäuschte

Hoffnung Zerstörten den Glauben an ihn - in ihn

Seine weißen Flügel

Einst groß, stark, teilten sie die Wolken

Jetzt starr und grau

Leblos

Seine Augen müde, sein Blick leer

Eine Flamme die verlischt

Hüllt alles in Dunkelheit

Und die Sonne versinkt für immer in blutendem Rot

Wenn ein Engel stirbt,

stirbt ein Teil von uns

Und tausend Tränen vom Himmel fallen

Still und voller Trauer

Wenn die Liebe geht...

Ich schreib die letzten Zeilen an Dich,

mein Kleiderschrank ist schon leer.

Ein neuer Anfang wird gut sein für mich, doch es fällt mir schwer.
Du hast doch nur Dein Leben gelebt und kaum nach meinem gefragt,

Du hast gehofft, dass ich Dich versteh und nie zugehört,

wenn ich sag Wenn die Liebe geht, kommt jedes Wort zu spät,

denn der Wind hat sich längst gedreht, wenn die Liebe geht.

Du hast mir sooft Geschenke gebracht, ich wollte nur Zärtlichkeit,

hast Dir um mich nie Gedanken gemacht,

und Du hattest nie wirklich Zeit.
Glaub mir, wenn die Liebe geht, kommt jedes Wort zu spät,

denn der Wind hat sich längst gedreht, wenn die Liebe geht.

Wenn die Liebe geht, weil man sich nicht versteht,

ist es Zeit für den eignen Weg, Wenn die Liebe geht.

Wenn ich dich sehe, klopft mein Herz.

Redet jemand von dir bin ich hellwach und höre zu.

Wenn du mich ansiehst, werde ich rot.

Sprichst du mit mir werde ich nervös.

Wenn ich dich nicht sehe, vermisse ich dich.

Wenn du nicht da bist, mache ich mir Sorgen.

Weiß du auch warum?

Weil ich dich liebe

<u>Wenn ich...</u>

Wenn ich ein Maler wäre,
würde ich ein Bild für Dich malen,
wenn ich ein Sänger wäre,
würde ich ein Lied für Dich singen,
wenn ich ein Dichter wäre,
würde ich ein Gedicht für Dich schreiben,
wenn ich ein Tänzer wäre,
würde ich einen Tanz für Dich tanzen.

All das bin ich nicht,
und dennoch
möchte ich versuchen,
so zu sein wie ich bin,
und hoffe,
dass Du mich so akzeptierst,
verstehst
und mich vielleicht sogar gern hast.

Ein Anderer kann ich nicht sein,
ein Anderer will ich nicht sein,
ein Anderer muss ich auch nicht sein.

Wenn, wenn, wenn...

Wenn Regen fällt auf blaues Eis

Und Schmerz dir still dein Herz verreist

Wenn Tränen auf den Boden fallen

Und Schreie in der Zeit verhallen

Wenn Hass dir in den Gliedern steckt

Und nur die Angst die Sinne weckt

Wenn Erinnerungen sterben

Und die Schrecken deine Gunst erwerben

Dann musst du kämpfen

Noch ein Stück

Sonst vergehst du in die selbst

Und kehrst nicht mehr zurück

Wie Du bist

Warum bist Du wie Du bist?

Kannst Du nicht anders sein?

Kannst Du nicht gemein sein, anstatt so lieb?

Kannst Du nicht hässlich sein, anstatt so wunderschön?

Kannst Du nicht lügen, anstatt die Wahrheit zu sagen?

Kannst Du nicht verschlossen sein, anstatt so offen?

Kannst Du mich nicht böse anschauen, anstatt mich immer anzulächeln?

Kannst Du nicht einfach anders sein?

Denn dann würde es mir leichter fallen nicht immer an Dich zu denken,

Dich zu vergessen.

Doch Du bist nun mal so wie Du bist!

Und darum liebe ich Dich so sehr!

Winter

Die Felder sind grau und trist.

Einsamkeit macht sich breit

in der feuchten Kälte.

Die Fenster

in den Straßen

sind erleuchtet.

Hinter jedem Fenster

ein Mensch

oder mehrere Menschen.

Das ist völlig egal,

denn eigentlich ist jede Wohnung,

jedes Haus, jede Familie gleich.

Überall gleiche Einrichtung,

gleiche Probleme, ähnliche Erlebnisse.

Und doch kommt sich jeder dieser Menschen besonders vor.

Jeder ist in seinem Umkreis mit seinen Mitmenschen gleich

glücklich oder gleich traurig, wie der andere.

Jeder ist allein.

Und doch hat diese Wärme in den Häusern und Wohnungen etwas

Gemütliches, etwas Wohliges, Verbindendes.

Wunder

Was immer mich bedrückt, keiner nimmt die Last von mir

Ich bleibe stets ein Maultier, das die Sorgen trägt

Ich bin ein Esel - stets zu dumm, um fortzugehen,

Doch auch zu schlau, um stehenzubleiben - bei ihr.

Wenn die Welt aus Sehnsucht Schaumstoff schlägt,

Kann ich den Fluss aus Tränen fließen sehen.

Keiner kennt die Antwort auf die Fragen,

Niemand kann dem Lauf der Dinge widerstehen.

Ich weiß, dass sie die Antwort auch nicht weiß,

Ich ahn, ich muss es wohl allein ertragen.

Niemand will mich halten, so muss ich gehen,

Doch ich weiß, dass die Last bloß Liebe heißt.

Wünsche

Schön ist die Welt,

und schön ist mein Leben.

Ich weiß was mir gefällt,

kann nach so vielem streben.

Hell sind die Tage,

und warm ist die Nacht.

Weil ich dich in mir trage,

ich habe an dich gedacht.

Sanft schlafe ich ein,

und verträume die Nacht.

Es könnte nicht schöner sein,

fröhlich bin ich erwacht.

Stark ist unsere Liebe,

und stark bin ich durch dich.

Wenn ich neben dir liege,

machst du mich glücklich.

Das wünsche ich mir,

darüber denke ich nach.

Mehr will ich nicht von dir,

ich träume und bin doch wach.

Zerrissen

Es ist so schwer,

die richtige Mischung

aus

Nähe und   Distanz

zu finden.

Zuviel

von einem

wirft einen

genauso aus dem Gleichgewicht

wie zu wenig.

Aber wo ist die

Mitte?

Zurück

Plötzlich

scheint die Sonne wieder.

Die Vögel singen,

die Musik klingt.

Ich kann wieder essen,

kann wieder schlafen.

Wache auf und freue mich.

Der Sinn bringt die Farben zurück.

Alles war so grau und dunkel,

so trist und sinnlos.

Es ist schön.

Ich spüre wieder das Leben,

freue mich.

Ich möchte die Welt umarmen,

allen sagen,

wie glücklich ich bin.

Du bist zurück

Zwei Möglichkeiten

Nachdem ich mein Schiff
versenkt habe,
treibe ich wieder
im offenen Meer
und halte Ausschau
nach einer Rettung
um hoffentlich diesmal
mehr aus meinem Schiffbruch zu lernen

-

Die zweite Möglichkeit
wage ich beinahe nicht mehr
zu hoffen